# 月河,爱的圣地

晓弦 —— 主编

中国书籍出版社

图书在版编目(CIP)数据

月河,爱的圣地 / 晓弦主编. -- 北京：中国书籍出版社,2021.5

ISBN 978-7-5068-8422-8

Ⅰ.①月… Ⅱ.①晓… Ⅲ.①诗集-中国-当代 Ⅳ.①I227

中国版本图书馆CIP数据核字(2021)第064729号

**月河,爱的圣地**

晓弦　主编

| 责任编辑 | 成晓春 |
|---|---|
| 责任印制 | 孙马飞　马　芝 |
| 出版发行 | 中国书籍出版社 |
| 地　　址 | 北京市丰台区三路居路97号(邮编:100073) |
| 电　　话 | (010)52257143(总编室)(010)52257140(发行部) |
| 电子邮箱 | eo@chinabp.com.cn |
| 经　　销 | 全国新华书店 |
| 印　　刷 | 成都兴怡包装装潢有限公司 |
| 开　　本 | 880毫米×1230毫米　1/32 |
| 字　　数 | 165千字 |
| 印　　张 | 6.75 |
| 版　　次 | 2021年5月第1版　2021年5月第1次印刷 |
| 书　　号 | ISBN 978-7-5068-8422-8 |
| 定　　价 | 58.00元 |

版权所有　翻印必究

美丽浪漫的月河　摄影/胡百华

活动现场主背景

嘉兴市区领导张永红、马玉华、邵潘锋等为第三届月河七夕活动启幕

上海人民广播电台著名节目主持人雪飞朗诵爱情诗金奖作品

中国电影文学学会副会长、著名诗人黄亚洲为金奖获得者赵洪亮宣读颁奖辞

嘉兴市人大常委会副主任张永红、市政协副主席马玉华为金奖获得者赵洪亮颁奖

中共南湖区委常委、宣传部长黄国强、嘉兴市城市投资发展集团有限公司副总经理朱建华为银奖获得者颁奖

南湖区领导黄敏、俞益东、阿卜吉力力·阿卜来提、俞新华等为获铜奖、优秀奖人员颁奖

# 目录

月河，你我的浪漫主义（散文诗组章） 赵洪亮 1
七夕，在月河相约 夏 寒 5
月河，从画屏里游出来（散文诗组章） 梅一梵 11
时光唯美，月河惊艳 柴 薪 15
月河爱情正解（组诗） 梅苔儿 19
月河中的女神（散文诗） 黑 马 25
在月河，温习一场爱情（组诗） 敬 笃 29
无可复制的美（外两首） 王 妃 33
后疫情时代之恋（组诗） 林隐君 35
月河 在幽远的涛声中寻找爱 冯金彦 40
月河，漫过我一生的相守（组诗） 戴 捷 44
月河诗笺（组诗） 鲁侠客 49
月河之恋（组诗） 陈于晓 52
月河，我们的爱情见证者（组诗） 李易农 59
在月河，我看到爱情最美的侧影（组诗） 陈劲松 63
爱在月河（组诗） 墨 菊 65
印象：月河爱情，及其他（组诗） 林 丽 71

| | | |
|---|---|---|
| 在月河，我的一生只剩下短暂（组诗） | 申飞凡 | 77 |
| 爱情悖论（组诗） | 梁　梓 | 83 |
| 爱情之河（组诗） | 鲁绪刚 | 88 |
| 被月河"偷看"的爱（组诗） | 慕　亦 | 92 |
| 从一条河打捞爱情标本（组诗） | 尚明梅 | 95 |
| 年份里的月河（组诗） | 孙庆丰 | 99 |
| 月河，写给水墨江南的爱情神话（组诗） | 李改香 | 104 |
| 对一枚月亮的爱，月河用的是爱的N次方（组诗） | 马冬生 | 108 |
| 致月河，兼致某某（组诗） | 卢艳艳 | 113 |
| 甜蜜的话语，是一滴清凉的露珠（组诗） | 何玉宝 | 121 |
| 我只能静静地看着你（组诗） | 东方惠 | 125 |
| 爱在月河 | 徐玲芬 | 131 |
| 月河六问 | 杨胜应 | 135 |
| 月光来信（组诗） | 杜文瑜 | 138 |
| 月河，我将微笑捻出丝线绕在手指上（组诗） | 一　笑 | 145 |
| 月河，在尘世里坚守爱与柔情 | 刘向民 | 151 |
| 月河辞（组诗） | 刘　巧 | 154 |
| 月河恋歌不老时（组诗） | 英　伦 | 158 |
| 月河诗经（组诗） | 瘦石别园 | 164 |
| 月河是我宁静的嘴唇（外四首） | 西杨庄 | 169 |
| 月河，嵌在春花秋月里的一种疼 | 金梦梦 | 174 |
| 月河心经：爱的漫游手记 | 陆　承 | 178 |
| 月河，一枚小小的沧海桑田 | 苏　真 | 185 |
| 月河之恋（组诗） | 彭俐辉 | 188 |
| 月河之上，荡漾着柔软的老情歌（组诗） | 周西西 | 194 |
| 在月河，想起旧事（外一首） | 王爱民 | 199 |
| 月河，一条从爱流向爱的河（组诗） | 左　军 | 203 |

# 月河，你我的浪漫主义（散文诗组章）

赵洪亮

## 一

尝试浮想，并试图打开一条河的深情。

宣纸上，有蝴蝶两只扑闪着月光般的翅膀，为我讲述前朝的往事，今生的厮守。

是的。喜欢雨没有理由，喜欢江南的雨，喜欢月河的雨，喜欢夹着一把油伞在南宋的街头拐进月河历史街区。

而我的白马恰好就在河湾，遇见一只白鹭驮着翠色飞过，遇见你我的思念手牵手

——羞涩而又浪漫。

阿春，我必须在那张宣纸上写下你我的对白，没有修辞，优雅屏蔽所有的比喻，一滴阳光的澄明，安静在你的额头，十里春风也就罢了。

## 二

一转眼，亲爱的时间浮出水面。

那些青葱的词变得微黄，就像杭嘉湖平原的稻浪，就像树上的黄杏儿即将倒出小身体内甜丝丝的方糖。

风的抒情，在字里行间写下鲜衣怒马，向日葵，玫瑰，点缀

几枝内心甜美的满天星，其实，这些都不是你需要的。

牵手的路上，唯有染了月河那些缠绵的词，才是一尾鱼相思的病根。

## 三

阿春，我坚持认为，在异乡依然能听到彼此的心跳。

就好比昨晚，一条河流趁着暮色赶路，仿若你我的思念在渡口望眼欲穿。

就好比，那天我在中基路接到电话，知道你多喝了啤酒，为了那份执著，为了那匹插翅的白马驮着我们的未来。

又好像什么也没有发生，一朵桃花的午后，三月在河面上失踪，只是内心的河面清澈透明，岸边，那片油菜，纷纷交出迷茫的证词。

四月，不再过敏，花开的速率，还有时间的流速，好像一下子慢了许多。

亲爱，这份思念让我变得敏感而又抒情。

一次次走进月河临水而居的香樟林，躲在一棵树后，截住你浪漫的红裙子，深吻气息里扑面而来的柔情。

## 四

湿漉漉的午后，优选坛弄一扇木窗，在月河听雨。

月河街区就在面前，优雅的雨丝让我想起了空巷子，想起一把油纸伞，想起你我掌心依然温润如玉的旧词。

此时，布帘子一个人懒散在窗口，杯子里的沉默相对无言，雨水不紧不慢，像慢火熬制的时间，构思一味中药安抚情绪的脚本。

月河听雨,听内心的半亩方塘微雨飘过,听水线里荷叶的心跳,时间把那朵乌云挪了挪,落在布艺沙发上的光阴肤色真好。

茶点一块都没有动。

我倒是喜欢比对茶叶与溪水秘制的口感,修改过的时间慢条斯理,很像在巷子里雨风摩擦出来的白色声音。

我相信了,玉兰花一直开着,坐在对面的你优雅漂亮,一如菩萨点化后的长寿花,而你点一炷紫罗兰香,让泡在瓷杯里的口感明媚酸甜。

愉快撑伞走过,发呆的词一枚枚窘迫在瓷盘剥开果仁。

月河竹影虚掩处,有人模仿你我的故事,在浅紫色的碎花伞下和爱情牵手走过。

音乐继续流淌,安静在左右的青花瓷,或者是小摆件,多像我欲言又止的爱人。

不过,这一切,都比不了捧着你的微笑舒服。

# 五

夕阳闭合,黄昏贴着黄昏,桂花挨着桂花。

风晃动夜的水纹,一只秋虫在花丛前举棋不定。

隔岸运河,与浮起的一轮明月,水柳,掏出黑色的瓷瓶倒出河水,浓缩的黑一寸寸稀释月光。

想起你,懒散的翠叶子都是多余的。细节沿着月河岸行走,两尾小鲢鱼时不时泛起激动的水花儿。

变暗的水,朦胧异样,半透明的夜色,你我仿佛被月神写进了隐喻诗最抒情的部分,牵手,拥抱,像两只赶路的夜鸟比翼双飞。

在月河,夜晚合拢翅膀,睡在九十九朵红玫瑰的身旁。

月光虚掩的木窗,几只夜虫分三次吹奏月光曲和声的乐章,低声部的鼾声，或者荷叶举起的右臂，随手绘出一条河雅致的霓裳。

　　我一直在树下坐着，等月光洗净气息里用旧的词根，等月光羽毛一样落满月河。

　　内心的蝴蝶和雪豹蛰伏在暗处，香樟树下，坐等浪漫主义的旅行置换一杯甜丝丝的夜色。

# 七夕,在月河相约

## 夏 寒

## 一

今夜。月牙儿,弯成了月河。
你和我,在两岸。
我在这边,你在那边,相望。

谁也没有找到一艘渡船。于是,河里的浪花,滚动成了思念。
那是你的思念推着我的思念,正如你
推着我的思念,滚动你的情感。

我的思念,如浪花滚滚。
播撒在你的心扉之上,比喻成你流露的心事。
你的思念,裹着我的心事,向河堤涌来,如同你扑进我的怀里。
与我,紧紧地相拥。

## 二

你在河对岸。

月牙，照亮你的红晕的脸庞，你的娇羞乍现，唤醒了我沉睡已久的心。

你的思念，在发酵。

我只有借着月光，感受你随着波浪起伏的变幻而变换的情愫。

我睁大眼睛，看着你。

你诱惑了我诗歌的意境，正在向你迷离的眼神延伸。

你的眼神里，充满期待。

我不断挖掘你那隐藏的爱，截取了你眸子里流淌出的含情脉脉。

## 三

我的等待，在燃烧。

月河的姿态轻盈盈，一如你漫步时的碎影。

你难得一见的娇容，在我的心尖上停留；你的到来，加快了我心跳。

风，趴在我的心上，似乎在悄悄告诉我——那些爱的秘密。

你的告白，从低吟浅唱里踱步。

踱出，抽刀难断的爱的神奇。

哦！月老，悄悄而来。

他，划着一条小船，原来正是七夕天上那弯月打造的月亮船。

来到我的眼前，被赶着的浪花，点燃我那团痴情的火焰。

那一刻，惊喜就是

我的万语千言！

## 四

邂逅月河,水的柔情如你。

相遇,终于使我找到了自己遗失的灵魂。

你我,同船渡。

月河畔,火红的特写——

一枝红玫瑰花开了,领着一片红玫瑰开了,九千九百九十九朵开成了一座爱的岛屿,开成了你永不停止的心跳。

你的心跳,与我的心跳撞出——爱的烈火!

浪花,孕育我的无限遐想。

尘寰里。我把你的惆怅,一口一口地饮下。

你的矜持,融进了我的夜晚,融进了我浑身的每一个细胞。

小船上,我只想静静地看着你,看着你羞涩的模样。

河水,滚动着你绵绵的柔情。

拥抱你,那是七夕匠心独具的手笔!

## 五

七月初一,月缺。

正如你,打开了我爱的那个缺口。

七月七,月儿扁。

恰恰是,今夜月老为你我划来的渡船。

船,已靠岸。

那一刻,激动渗透到我的每一个毛孔,情节如梦。

今夜,我醉了,一如你醉人的芳菲。

你的沉醉,是我渴盼已久的时刻,我轻轻撩开你的面纱。

原来，你就是我羞涩的新娘。

今夜，就在今夜。
对，就在今夜，让你我互诉衷肠吧！
在这样一个难忘的夜晚，让夜掀开你的红盖头，把永恒着色。
你，灿烂如霞。
哦！你是一杯浓浓的烈酒，我饮上一口，就醉了。
在今夜，你栖居于我的灵魂。
你将相思河畔散发的幽香打碎；我要用一生把你珍藏进心底。

## 六

你，心中写满的日思夜念。
在我的渴盼中，酝酿出爱的抵达。
今夜，金凤玉叶一相逢，就像是一种虚幻的存在，如同久远的神话在我们的生活中彩排。

我，翻开你的梦。
你的情，吐露的悄悄话，滴进了我浓浓的爱情诗句里。
闪烁着，晶莹。
我抚弄着你，你那传世的风情，在七夕夜里扩散，不断地扩散……
今夜，你的美，凝固成了永恒！

## 七

晚风,掀起你的面纱。
原来你,酝酿的情思,燃烧了我火热的衷肠。
晚风,捻成的话语,牵着我救赎你我这一世的情缘。
大地,沉寂。
隐秘,亲吻着我的肌肤,如梦似幻地朦胧铺开。

当我,捧起你的心事。
古老的诗歌,从此浸染了我的梦境。
流淌着月色的河流,摇晃你投来深情的目光,蘸上了时光浸染的旧情。
一半是火热,另一半是滚烫。

## 八

河水,撩动心旌,不能自已。
你半掩羞红,粉唇扬起。是谁,在今夜泼墨?
我屏住呼吸,你最香艳的一朵花开,内有火焰生辉,外有火红的玫瑰妩媚。
月河,我的月河……仿佛岁月织就的幔,罩在月河上。
哦,七夕,原来这是月老赐福给你我的
——一个特殊的节日!

这个节日。
当我延伸的情,紧贴着你的悄声细语跋涉过你的原始。
我灵魂深处的飓风把你挤压,化作一腔热血,把你喷薄成七夕独有的色彩。

然后,去轻轻抚摸那条从黑暗通往春天的一路花径。

你深不可测的腹地,冰消雪融。

破壳而出的欲望,闪耀出了神性的光芒。

## 九

月河,是爱情河。

月河,奔腾的河水,浇灌我们一生的爱情。

波光粼粼的水面上,写着我们的前世今生。

你虽不是七仙女,但你却是我爱情的发源地,更是我的爱情归宿。

河水,把爱滋润。

月河,让爱在我们的心中,流经一生。

今夜,借着月色。

你我在青砖黛瓦构筑的爱的小屋,同饮一杯七夕的月光。

小桥流水人家,让你的似水柔情藏进我深邃的诗韵。

正如我走在小巷的青石路上,月下弄弦浮动出芳菲。

此时,拨开云帐,烈火燃烧,燃烧我的激情。

在你身上,我终于

找到了通往一生一世的幸福。

# 月河,从画屏里游出来(散文诗组章)

## 梅一梵

## 1

月亮,从画屏里游出来。

从月河微微翘起的嘴角边醉人的酒窝深处游出来。

蹄声哒哒,环佩叮叮,清澈的水袖,沿着波光潋滟的良辰和美景,沿着把枝桠的犄角,悬垂在水上的粉红色花萼,涓涓流淌。

左手拎着外月河,右手拎着里月河。

游过北丽桥,她惊怔了。望吴楼上的西施,把皎洁的身段,荡漾在长廊,短亭,雕花的涟漪。

杨柳岸,杏花春雨,瞬间黯然。

杨柳岸,杏花春雨,等你身着青布衫子,奇迹般落在桥上。

清明落了,谷雨落了,你显然没有来。你仍旧没有来。

没有你的月河,仿佛去年春恨又起,所有的桃花都无法羞红人面。

没有你的月河,人独立,欸乃清瘦,油纸伞下的绣鞋,无法蹚过三月的相思。

## 2

月亮在水里,缓缓流动的样子。

拐弯抹角的样子,半推半就、欲迎还羞的样子。

很迷人的。

像小满时节,荷月桥把圆圆的相思,弯弯的惆怅,凿成一首清雅隽永的民谣。

像梅雨天的秀水兜,瓦檐下迂回婉转,平平仄仄,没完没了的雨帘。

荷风吹来,你从桥上过,蓝印花布的竹篮里躺着粽子和甜饼,衣襟上别一瓣月亮。

你没有踌躇,没有迟疑,也没有抬头看我。只顾将睫毛垂下,眼帘垂下,青丝垂下。垂到柳叶儿低眉颔首的心事,垂到粉墙黛瓦的轩窗,斑驳的墙根下覆满青苔的小木船,垂到落满梧桐花的巷子口。

甚至更低。

更委婉,更淅淅沥沥,滴滴答答。

仿佛这个夏天,是江南月色下,翠色逼人的,深深弄、高高墙、重重瓦,是唐兰故居雀鸟呖唻的小天井,蒲鞋弄茶馆里又清又凉的等待。

时而阴晴圆缺。

时而柳暗花明。

## 3

七夕的船舷,载满月光。

摆渡的人,摇水而来。

河的心事，在月亮的挑逗下，恢复了水的野性，水的骚动，水的湍急的柔波，按捺不住的心跳。

七夕的月色，吹拂小桥流水、楼台轩馆，也吹拂花前月下，怦然心动的一对玉人。

月光水银一样流淌。

水银一样流淌的月光，在许仙与白娘子的伞下，泛起层层涟漪。

月河顾不上抬头。

月河忙着涨潮，忙着划桨，忙着把寂寞深处的静，波光涌动的静，缠绵悱恻的静，从背后拦腰一抱。

一坛桂花酿，被水做的江南，一不小心打翻。

一壶相思酒，被情窦初开的你，逮了个正着。

月河羞红了耳垂，暧昧的气氛，就这样漫上来，漫上来。为了成功坠入苦海。连夜赶来的红灯笼为你引路，两三朵水声为你导航。你过桥，下船，上桥。

鹊桥的船，顶着红盖头，被流星雨从天上送下来，倒扣在月河上。

情是相思深井。一支羞答答的玫瑰，绾青丝，手执团扇，盈盈而来。别在衣襟上的那瓣月亮，被身着青布衫子的少年，惹得发烫，发红。

## 4

三千白发，在水的慵懒的水袖上，渐渐冷却。

我们的流年，像桐油漆的门，褪去红妆。

昆曲里吴侬软语的水磨调，翘起兰花指，凫过重脊飞檐，骑楼水阁，从桥洞上的三个满月里逃脱，沿着过街楼的打更声，沿着画廊、乐坊、皮影戏的鼓点，来寻你。

廊棚静悄悄，雕花窗静悄悄，河埠头静悄悄，一串爱情的念珠，不知不觉，遁入繁华。

月亮坐在石桥上，把凉透的风花雪月，从笛孔里吹出来。银瓶迸裂，雪染月河，一支梅花斜倚水面，在铜镜里点胭脂，画朱砂。

仿佛梁山伯与祝英台，是一种修行。仿佛掬水弄月，花香满衣，是蝴蝶的前世。仿佛爱情的折扇，从来不曾出入过你的怀袖。

雪素素落。

又大又圆的月亮，将我们淋湿。

又大又圆的月亮，在举案齐眉的铺首门环，白白地空着。月河，从画屏里游出来。

# 时光唯美，月河惊艳

柴 薪

## 一

最好的时光和爱情都在这里
最好的爱情故事一直藏在月河里
白龙潭云蒸霞蔚石头凛冽
学绣塔氤氲着千年文脉
大运河拐过古镇入了凡尘
月河中蕴藏了多少人间的烟火和秘密

酒盏上轻落月色，稻花里吐出酒香
人淡如菊，面影掉进清澈的月河里
在水底，找到了丢失的自己
我是一条锦鲤，游回到你的深处

## 二

扯住一支杨柳的枝条
回来，回到月河岸边一块还没凉透的
青石的身旁
听听它内心的纹理和波涛

回来，回到一条河水的怀抱中
回到源头，回到一朵云的故乡

故乡和远方，是爱的两头
一个回不去，一个尚未到达
有人离开后就没有再回来
有人用一辈子等待与他们重逢
却不再相逢

## 三

我来到南湖，踏一踏月河边向晚的台阶
像是从尘世中找回自己
青砖黑瓦上传世的月光很旧很旧
像退出星空的脸庞
我真想蘸着月河水
在桥边墙角的芭蕉叶上
一点一横一撇一捺写下
千年的愁绪，我是来客亦是归人

## 四

这里是闻名天下的南湖浪漫月河
亭台楼阁，曲折宛绕，唯美惊艳
河边杨柳青青，河中藏满星斗与灯火
一壶酒把我喝醒
在壶沿上登高望远，远处有最近的你
沿酒杯望向你的方向，你的脸洋溢着爱意与热情

在梦里,每一丝风每一朵花每一条小船
每一盏灯火每一颗星星都是杯子都是伊人

## 五

把爱情还给月河,把月河还给爱情
把喝空的酒壶再盛满
酒壶中藏着百年潮音
琴箫余音不了,运河边端坐着
看眼前月河如书卷如史册如云烟

好像从一场大梦里醒来
在一片看不到边际的水域里
有一朵浪花,有一段红尘
不知成为被谁所推敲的章节
心胸开阔,穿过安放大地的家园
你有河流一样的自由
而我就是那月河中的一滴,浪花中的一朵
璀璨唯美,灼灼惊艳

## 六

月河弯弯曲曲,河中浪涛拍岸
每一曲都像一段乡愁都像衣袖一闪
都小心地斟满装不下你的心事了然
把酒杯端平,举高后从低处敬起
有多少往事,从酒杯中泛起
有多少泪水,从河水中回流

# 七

月光和目光洒落在月河两岸
喝一杯酒,写下一句爱的诗句
喝一百杯酒,写下一百句爱的诗句
喝下整条月河,能否写下所有爱的箴言

日暮与乡关,风起与云涌,江山与美人
月河上的烟波,你的美丽与愁绪
恰好与我的心情相迎
一场浩大的春风里我来看你
春风十里,我不如你
却让我爱上尘世所有渐渐收缩的背影

# 月河爱情正解(组诗)

梅苔儿

## 前 序

曾经沧海难为水,除却巫山不是云

——唐·元稹

遇见你
约等于遇见我五行中独缺的水

飞鸟和鱼在光阴的两岸
写下烙印灵魂的诗句

金为衣食,木为秉性,火为涅槃,土为息壤
水为源源不绝之爱——
干旱经年。我的爱情罹患自闭
只容得下一瓢饮

你精通灌溉术
典当所有细软,盘下整条河流
——搭救我

# 指纹记

——自此山高水阔
我们冠以花鸟或虫鱼的姓氏
成为一湾碧水的主人
之前的身世，闭口不提

在这里，水不叫水
叫唐，韵律缠腰
叫宋，词牌覆面
叫清，平仄裹身
叫民国。穿靛蓝花布衣衫的妹妹
有垂柳的细腰。给一幅白描
提供了走动的水乡元素

且待我用一段唱白
唤出皮影戏里炊烟袅袅的村庄
且待我摇外婆船。听取蛙声，轻嗅荷香
与三千枕水打成一片

且待我取出你的刺青，胡荙，火焰
最后验证成功的指纹，去识别
伊人沿水泽布下的蝴蝶，草丛，峰峦和山谷
指纹摁过的小局部，不是火山就是冰川

不。分明是小阳春的桃花汛
自此，月河和我们一起

进入秘密而持久的发酵期

## 和声记

陷入一本泼墨的线装水谱
河流著本草为裳,佩戴楚时香囊
就生出软糯的醉里吴音,就生出五芳斋香粽
彩蝶从东晋飞至,追逐水云间
我轻唤:梁兄,英台
在南山。它们已交颈千年

这一场风花雪月的情事。蓄谋已久
月老的红线正虚位以待

白墙黛瓦,乌篷船,三眼桥
我原是对面浅水中浣纱的女子
你是摇橹唱渔歌的小阿哥
我与你对唱。一张嘴
檀口吐出半个小江南

摇橹声与浣衣声交织荡漾
三千水声渐弱。低低,低低
几闻不见

天地间安静得只剩下,你我
爱的和声部
像一曲《梁祝》,弹奏满河按捺不住的小抒情
涟漪,是水与生俱来的象形字

## 流光记

将典当了千年的倒影从当铺赎回
码头柳树下,回廊茶馆旁,水阁戏楼里
我们相依相偎,倒映何处
已无从考究

应该随瓷器,纸张,丝绸。游走过远方
又循着绕过山岗歇脚低谷的云烟。回归故园

等河畔桃红柳绿
等田野中麦青花黄
等钥匙打开锁孔。析出一条水路
向空茫的人间不断延伸
双桥互为瞳孔,两两对望。早已
洞悉了对峙而又圆满的百态

那时,你捕鱼,耕种。我养蚕,纺织
我取月河水洗米。你取水中星月照明
金质,瓷质,绸质
都抵不过一段朴素的蜡染时光

流水多情,一直在模拟
那种可盐可糖,又折又叠的技艺

# 倾斜记

中基路,坛弄,秀水兜街
我的反射弧那么短。一眼千年

老码头应该还记得
转手出去的桂花状元糕,火腿,黄酒
在何处安身立命
而我诗歌中的兄弟姐妹
依然颔首低眉。织土布,编蒲鞋,打竹器
时光舒缓,如同初见

慢慢走。两颗心跳
搏动于同一条曲线,起伏着一致的频率
陪着月河,流淌,迂回。起承转合
一道终老

而此刻
木房子,远山,天空。都倾斜在水中
我的倾斜毫无悬念——
不偏不倚。落入你的怀抱

世界多小多安全
每一种倾斜,都有出处和入处

## 烟火记

星辰有轨道，万物有定规

月河献出潮汐，沙滩与河床
我们得以融为一体
注定湍急又缓冲，撕裂又缝合

爱嘉兴的三千桂子，十里稻香
也爱河岸灰扑扑的蒹葭
多像我们为情写下的飞白书
白得千头万绪，白得毫无内容
风一吹，它们抱头
厮磨，缠绵，哭泣

这才是一条河流授予我们的烟火爱情
——"执子之手，与子偕老"

余生，我是月河街老药铺出品的
一粒缓释胶囊。一不小心
把你爱成了我唯一的病人

# 月河中的女神（散文诗）

## 黑 马

### 月河：为你弯下腰身的才是爱情

爱你！有人虚拟成大海的名义。

而我只给予肩膀的依靠。

温柔就是力量，烈日不抵曙光。远山与过客，潮汐与灯塔，为你弯下腰身的才是爱情

策马春风的少年，在奔跑的群山中间吹笛。

让流水引领我们奔赴明天，如同体温、呼吸和心跳。爱情难能清醒！爱情俯身、战栗、醉生梦死。

有着火山般的梦想……

月河之上，是自由的跳舞的月亮！

篱笆无法围困白鹅，内心的大海多么辽阔。七里路的桃花困住了造访者的双眸。如果天空要下雨，那是爱情在追问，是一连串的省略号……

所有的事物，都无法抵挡秋天。

九月辞别悲鸣。升腾的云朵，甜蜜的忧伤，剥离了时间。

——好时光，就是在一起幸福地破碎。

有一个女子从远方赶来,她是小天使。

那时天空有静止的蓝。从头顶滴落的月光,到她清澈的眼眸。水仙的手指,到她薄荷的发香,水蛇的细腰。

她甘愿为一首诗流浪,她低垂的翅膀。

借着月光,呈现出超凡脱俗之感,那些田野中细碎的嗓音,那些前世的云朵。

在月河,秋末的黄昏下,花喜鹊在故乡的枝头自信地鸣啼。

## 月河:我永远的美丽乡愁

远眺澄明的宁静。

你的舞蹈是另一种身体的语言,在秋天的怀想中,在风暴的中心,在世界上最小的信念里,甜蜜而柔情地旋转……

风的时间。

金色的秋天,身体里的琴声,缠绕着鸟鸣。一切让人晕眩,又恍如时光倒流,仿佛云层里裹挟的幸福的闪电。

——那些遥远的梦境,尘埃,和未来

想象在萃取!这时间里的盐在结晶……

让我们陶醉不已的钟声,随稻花一路黄去,张开双臂,承接虚无的光芒。把秘密写在树叶交给河流。

所有的星宿都在期待明月

一列火车低吼着。

像磁性的男低音,穿过尘封的岁月。思念的火把,心灵在歌唱,到处是月光的柔波,战栗中的美

——归来吧,思乡者!皲裂的曲谱,被夜晚的闪电拉满了归乡的弓箭。

——这黎明中的青铜

闪现,爱情古老的遗址。

时光的倒影中,嫣然一笑的是晚霞。你托着月亮的袍子,在修远之间,马,陷在青铜里,不能自拔。

深一脚,浅一脚,那是月河,在人间起伏的歌。

## 月河中的女神

炊烟暖了。

女神!我身体里的小野兽在起义!

你是我掌心的绿洲。

如果温柔能让一把刀变软,软成一条绵绵不息的河流。

十厘米,是不是恋人的距离。两座孤独的城,让人生有了永不消逝的电波。

这注定是一场精神的大雪,仰望,也触摸不到的星辰嘹亮。

古老的月光啊,你像一盏老式的台灯,等着黄昏。

那一段青葱苦涩的时光来临。你在等谁?那个采茶的女子指间弹奏时光,那些新茶注定要摘给心上人喝才算美。

想到这里,你的脸上像是染红了的彤云。你站起身来,风吹着你的蓝头巾,风吹着你的连衣裙

——有着震慑人心的美。我要看着你,从前到后,从早到晚。

我多想像山下的阿哥那样，背着鲜亮的背篓。

为爱，送一封十万火急的鸡毛信给你。

流云淡淡，像是被风吹散的翎羽。把山路当作琴键，你走过的脚步声，将在幽兰空谷里，回荡一生。

……爱如小小的风暴！

在你走后，世界留下诸多空白。在时间和空间的交织中，那些暧昧的笑意，在天上飞，那些深深的疲惫和孤单。

在月河宁静的黄昏里，一次次练习松弛。

花朵开成彤云，你嫣然一笑，久久让人不能释怀。

兰草的韵律，梦幻的影像，啊！霞光，已是明月照耀大地——一滴水，就都可以将我带入空旷——那些细绵的，巨大的遥远的回响。

春雷似雪，亲爱的

这月河的一切，正如你所愿。

# 在月河,温习一场爱情(组诗)

## 敬 笃

虚构的精灵,宛如一匹白马
在月河岸上,恣意的奔跑。
我所追逐的爱情,没有柏拉图的理想
也没有梁祝的悲悯,那看似平淡的
二人世界,在江南水乡,也会是
诗与远方。蓝天与白云,交错着
洗涤人心,灵魂在此刻,安宁。
浅浅的河水,静静地哺育着每一个
懂得爱情的青年,这是纯洁的信仰
也是原始的敬畏。在月河,温习
一场爱情,我的爱人,这是现实的天堂
那金黄色的波澜,是你舞动的倩影,
万物皆因你而动,雨巷中的丁香花,正在
次第开放,每一片瓣叶都将写满誓言。

在月河,温习一场爱情,纵使
仪式简单,也要在月老的牵引下,
许下诺言——执子之手,与子偕老。
白马奔越,载着我们与醉世的温柔,长相厮守。

## 月老，红线

弯弯的月河，是月老手中的红线
牵系着人间与天堂，绑缚着岁月与爱情。
吸引我的玫瑰，在月河畔的阁楼里分外馨香，
羞涩的姑娘，与蝴蝶一起憧憬未来。
爱情，是词语拼焊的迷宫，在红线的
缭绕下，注定浪漫。生活的通感，比一条鱼
还要无拘无束，我不想错过的人，比错过的爱情多。
当心静止在对视的那个瞬间，
忧愁，跟着浮云，悄悄离开，被俘虏的心，
在爱的滋养下，不规律的跳跃。
饮一杯月河水，命定的姻缘，顺着河水
在月老的牵引下，走向永恒。

## 月河的年轮

在嘉兴，古老的街道因河而新
那些被局限的事物，沿着未来的方向
远航。传说中的月老，用一根红线
拴住了唯美的爱情，拴住了长相厮守。

月河的年轮，镌刻着每一段邂逅。
青石板街，每一道辙，都见证着
每一对情侣的印记，消隐在
历史中的玫瑰，他们为纯洁礼赞。

弯曲的河道,柔软而细腻
时光撑起的扁舟,沿着灯光
走进浪漫的大写意,抒情的流水
载着相思,载着记忆,诉说衷肠。

## 在月河古街

匆忙的行人在潮湿的街道上,
寻找着幸福。白衣女子
从喧嚣中逃离,在月河的宁静中
等待,等待一场诗词中的爱情。
她把一切都交付岁月,那深情的
双眸,饱含期许,渴望一次相遇,
相遇即永恒。就这样,念着念着,
雨季的修辞术,把词语带进月河古街
带进泛起的涟漪,来诠释一种渴望。

今夜有酒,让我们一起把盏言欢,
忘却一切烦扰。
素心若雪,让我们一起虚度时光,
淡却一切芜杂。
在月河古街,如果我们相遇,
或许真的会是永恒。

## 月河的月

月河的月光,比梦境柔软
痴情的姑娘,守着月亮,

吟诵唐诗，动情的句子
总能勾起唯美的记忆。
灯与月，糅合在一起，仿佛创造了
新的世界，在这里所有古典主义爱情
都会在虚构的电影里，重现人间。

月色眷恋着月河，曲水流觞，
载着思念，化作多愁善感的江南。
月河依恋着月色，暮光之城，
轻轻拂过的云，宛如一封远方来信，
予人慰藉。你沿河而行，难掩欢喜，
或许，月河的月正是李白那时的月，
汉语里的烂漫，在月河的波光潋滟中，
重新续写新的爱情。此刻，风正好，月正圆。

# 无可复制的美（外两首）

## 王 妃

## 无可复制的美

记不得河边的夜灯亮不亮
记不得巷子里的行人多不多
我们手牵着手
世界仿佛好大，只剩下两个孤儿
世界仿佛很小，没有容身之地

记不得清河边的蔷薇花刺不刺人
记不得秀水兜街上的夜风是冷是暖
星空与凡尘，互为倒影
万物皆远去
我们只在此时中
仿佛一个人，融化了另一个人
仿佛三个人，爱是永远初生的婴儿

## 我们坐在月河上看流水

后来，桥上留影的人渐渐散了
只有我们——
向流水的深处凝望

仿佛那里，储存着我们
二十五个小时也不够用的时光

我们随挽留不住的流动
制造新的漩涡
在没完没了的晕眩里
水，带着我们在清澈中飞升
那是怎样的痛苦，怎样的开心

## 他占有了她的肩胛骨

但他占有了她的心吗？
有时候，他也不确定
"你爱我吗？"
他用文字发出这样幼稚的疑问
实在是难以开口啊

他被越来越多的女粉丝狂热追捧
而她的世界只有静默
他爱她吗？
突然，他也像陷入了一个困局
找不到敞亮的出口

"当然。我是爱的
你——"
当他被女粉丝们簇拥已远
她的记事本上留下未传送的答案
她的肩胛骨塌陷
像过度开采后的矿坑

# 后疫情时代之恋（组诗）

林隐君

## 相思之恋

长夜当衣，星子提灯，清风摆动垂柳
草丛间的蟋蟀像艄公，低声问着桨影：
"江山千古，试问天下何事最美"
其时岸堤，着蓝色的绸缎，夜游人一身清幽
陷入一条河流的想象：其水弯曲，抱城如月
有思接千里的《诗经》之美
亦有月上柳梢头的成人之美

安静的兰草，携清芬过境，夜游的人漫步岸堤
脚步平平仄仄，韵而不律，难以成章
如果不是疫情，此际，他的手臂
当落在一朵羞涩的火苗上，电流释放，脉冲在线
时光放缓马蹄，月河当有月兔捣药，吴刚折桂

夜游的人心头在费思量，她的白衣天使
在逆行，她的背影越来越小，她的背影
像一颗星子，为长夜留下大面积的白
我看到他在后退，退到白的后面，让出怀抱

让出厮守,让出执手相看的月色、烟岚
以及比百年光阴还要绵长的……这一刻

直至月河铺开素简,微澜织出一字一字的心血
直至灯火婉转,月老凝神,把它们搓成了绳:
"爱有秘径,若爱,请系好它,以深爱"
我看到兰舟已把持不住桨声,我看到人间的药引
以月河为弓,红绳离弦如信差——在武汉
在一座汇聚着无疆之爱的国里,当有一颗滚烫的心
如香茗释放万顷魂骨,以曲卷、伸展之美

## 月河之恋

花开疫散,雨落嘉兴,竟感觉
每一滴都见晴朗,每一滴
都有去年的风声和今日的浪花
心无二念,相印于月河
竟感觉烟雨之上,有无数楼台亭阁
向美而生,无数的凡人、仙子和妖
共建着隶属天下有情人的总部大楼

有时看到许仙,持十八节的骨伞
白娘子在月河中央,摘下那枚最闪耀的
启明星,为官人引路
有时看到山伯兄抱着灯火,沿岸植着桃林
英台妹妹一路欢喜,上高楼,推开嘉兴之窗
映出一颗桃红的心在飞
另一颗在舞,尘世一下子去了负荷

那个逆行武汉的白衣天使,因摘下口罩
一张满是勒痕的脸,映出人间悲喜
她的长发甩下来,若云缝间的明月闪着泪光
那个自称牛郎的夜游人,携抖音追来
一边唤她为织女,一边交出心与诺,嘉兴云起
交出大山一样重的相思,月河浪涌

在月河,山盟常常抬头忽遇,如风生
海誓如影随形,如水起,月老架鹊桥做代言人:
说什么南方有嘉木,亦有嘉兴
说什么不论古人今人,只要涉此有情天地
斯境便美好,可"琴瑟在御",慢慢相老

## 蓝光之恋

记得那时年少,青梅竹马的光,是蓝色的
到了月河,发出火焰,就有了落日之美
我们身后的影子——灿烂的静物,入了轻笛
你脸上的酒窝,有美酒千盏,畅饮不尽
你眼中的月河,有倾城之电,《诗经》一样闪光

江湖已远,我们放牧小鹿,人间最大的庙宇
成了心动之所,爱台高筑,引天下有情人
纷纷前来打卡。那年,你白色的衣裙飘飘
若仙子,不可直视,那年我的呼吸薄如蝉翼
贴近地面飞行,那年的嘉兴
芙蓉出水,于蝶变中具足一身千年的风骨

此后，骄傲和美，曲径通幽，学会顺从
一颗曾经梁山的心，学会被招安
两个文明的人，学会执手携老
相拥，如月河环城而绕，直到为爱隔离
她奔赴在武汉的那头，化作星星和思念
我在月河的这头，化作夜游的人
两条移动的光带，在月河中幻景般闪现

直到疫散，人间的沧海……就此破茧
当一颗心为真情涌动，她已不再是个体
当两颗心为真情涌动，明月如镜
把人生的皱褶熨平，相逢即美德
相爱，像磨砺洗去锈迹，月河，这爱的源头
这滥觞，这万类相恋的欢喜，像那道蓝光……

## 后疫情之恋

万物皆诚服于美德，在嘉兴
爱字最重，情字最深
相思有恨不得的相逢，携手有恨不得的携老
在嘉兴，当月老执线，妖都善良，仙都丽质
当你侬我侬，眼眸都清澈
人人心头都有一首世上最美好的诗

风曾经吹瘦相思，如果回首
月河做药引，月老作地仙，爱恨之间
先会有一别两宽，再二度牵手，生出欢喜冤家

现在，我爱的人像一丛静止的火焰
星星在周边摇摆，鱼儿跃出水面，光闪闪

我曾在这里等月老送来蚱蜢舟，桨音清幽
命中的小南风，隔着一扇窗户，送来短笛
你在舟上，借梨涡盛酒
我在岸堤迷醉，怀中的小鹿不慎落水
怦怦的心跳被你按压三次，浆果在空中炸裂
我们像不食烟火的男女爱上烟火

天心月圆，草木屏住呼吸，流水淙淙
退去尘物，你我涉千山千水，执手相看
月河多美啊，站在高处涌动人间
而你的美站在低处，让一颗心失去方向
另一颗心学会放不下，眼眸带出电流

记得那个黄昏你发来微信，说企业在复工复产
傍晚时分，我就催促落日赶快回宫
因为疫情，你欠我一个誓言，我缺你一个心愿
现在，月河来了，相思辗转，相爱汹涌
两颗世俗的心琴瑟和鸣，一切如此甜美
生有可恋，求有所得，转眼间
你我成为璧人，世间再无欠缺二字

# 月河　在幽远的涛声中寻找爱

冯金彦

## 一

今夜天空辽阔　月河两岸　更多的是一些
像我一样卑微的小人物
生不伟大
死亦不光荣

此刻　我们一起用月光装修人间
月光没有味道
一条河　是被用坏的一件工具

## 二

船是一个补丁

月河桥上　谁的箫声把四月的桃花
灯笼一样　一盏一盏吹灭了

月河宁静　人间喧闹
死神没有夺去的

时光也夺不去
月河之水　此刻不但有生命
亦有自己的爱情

## 三

除了爱　世上没有一件
称手的兵器
能够拿着它去收拾河山

在月河　最难找回来的就是
一滴水　丢失在河里
一份爱　丢失在人间

今夜寒冷　与思念相关的文字
是我唯一的羽毛

## 四

风这么大　石头也不穿衣服
有一些疼痛是必须经历的
像爱
我们无法借助外部的力量
让疼痛　减少一点

没有疼痛的人生
与没有疼痛的爱
都不是人生

最完美的部分

## 五

年轻的时候　我们是一个唇
等另一个唇
中年的时候　是一盏灯火
等另一盏灯火
老了之后　是一只手
等另一只手
最后　一定是一个名字在墓碑上
等另一个名字

## 六

爱还给爱　恨还给了恨
一块石头　谁也不要
自己留着做了墓碑

星星还给了星星
天空还给了天空
世界太大　想要也拿不动
每一个使用过月河的人
像我们一样
把月河还给月河

## 七

百年之后　多么美好的爱也成为泥土
多大的仇恨也没有重量
名字只是几个汉字
故事只是故事
百年之后
你用过的月光我也不舍得用了
小心折叠起来
放在贴身的衣袋里。

## 八

在月亮上　租一间小小的房子
闭门读书

如果你不要我了
我也不要自己

# 月河,漫过我一生的相守(组诗)

## 戴 捷

### 一

写到月河,中基路的月亮挂在高高的天上
此时是初夏,繁星满天,我走在夜风中
听虫鸣和蛙声一浪高过一浪
路灯下,石榴树开着火红的花朵
像极了爱情的箴言
在恋人的心中燃起热恋的熊熊烈火
中基路蜿蜒的曲径从月河古街
老式的徽派建筑前
一直延伸到月亮的上面
据说蟾宫里有一棵桂花树
每年都会在秋天向人间飘洒桂花香

月河的水是流向月亮上去的吗?
不然,人间怎会有如此动人心弦的爱情?
在月河,我的手指轻轻一指
那天上的明月就把四季轮换的一年
变成了一个人对另一个人一生的相守
此岸抵达彼岸,花开了千年

落了千年,一个人等另一个人出现
三生石前又是千年

后来,因为月河我们相遇了
在月光下,在中基路
诉说千年来的相思——
我爱你,多么动人的三个字
你只轻轻地踮起了脚尖
在我的脸颊上,蜻蜓点水似的一吻
整条月河就欢快了起来
整条月河啊,唱着歌哗啦啦
飞快地向前奔去……

## 二

在月河,我的相守是一颗心
努力靠近另一颗心
相爱的两个人永远不会老去
此生我把你爱过了,就足够了
我守着一条河,就是守着
源远流长的爱情,不需要轰轰烈烈
只需要平凡地过完我们的一生

因为月河,我们拥有了相爱的点点滴滴
如果老之将至,也没有了遗憾
我们就在月河边,我陪着你
看黄昏的夕阳,自西边的天际缓缓坠下
看炊烟从屋顶袅袅升起

我们坐在长条椅上,相互依偎着
像年轻时候那样,我陪着你
数夜空中的星星,一颗,两颗,三颗……

数着数着,你就问我哪颗是你
哪颗是我?这么多年
我还是喜欢你傻傻的样子
天真烂漫,即使岁月爬上了我们的额头和眼角
我依然深深地爱着你

如果老之将至,也不要紧——
我就给你念朱生豪的情书:
"不要愁老之将至,你老了一定很可爱。
而且,假如你老了十岁,我当然也同样老了十岁,
世界也老了十岁,一切都是一样。"

## 三

什么样的爱情才是美满的?
一生的遇见,重合度需要达到多少相似?
我爱着你,是一叶浮萍在茫茫人海中
寻觅到了归宿,是古诗里的"金风玉露一相逢"

我爱着你呀,是月河水牵动着江南磅礴的水系
是一节藕里塞进了糯米,用红枣和冰糖
在文火中慢慢煨出来的甜

今生我只够爱你,在月河

摇着桨橹,以江南水乡作背景
阅读经卷里的沧海桑田,彼岸花开
点一盏青灯,在阁楼上研磨铺开宣纸
画出丹青中的你,那一袭白衣飘飘的长裙
金簪束发,站在月河的古桥上

我醉心于这样的画面——
彼时我是落魄的书生
寒窗苦读,只为一朝金榜题名
骑着高头大马,将你迎娶
彼时你是我魂牵梦萦的江南
是月河古街上,温柔端庄的大家闺秀
只对着我微微一笑
便胜过了人间一切的遇见

## 四

画舫何时传来动听的歌谣?
月河客栈的廊沿前
下着淅淅沥沥的雨,音乐酒吧里
谁在弹奏《梁祝》美丽的音符
如化蝶般悠远
雨中我忘记了时间的流逝
呆呆地站在廊沿下,雨水打在芭蕉叶上
啪啪作响,此刻我已卸下了满身疲惫
只等你撑一把油纸伞向我走来

道一声:"好久不见"  是的,好久不见了世上所有的相遇不都是久别重逢吗？
为什么明明相爱的人，要遭受离别之苦
为什么梦里千百次的相见
醒来时泪湿枕帕，却要变得如此轻描淡写
你看这漫天的雨，落在这些树木和花朵上
是不是在替相爱的哭泣？

如果能再给我一次机会
我一定牢牢抓紧你的手
这一生我只想牵着你的手一直到老
只有你才是我的月河温婉
只有你才是我永远不愿醒来的黄粱美梦

雨什么时候能停止，已经不重要了
你来了，再大的雨也是完美
你来了，我的余生才拥有了一条完整的月河

# 月河诗笺（组诗）

## 鲁侠客

### 一

掰开一块香酥月亮，蘸着月河甘甜的河水，就着江南细小的蛩音，咬一口月饼。我所理解的圆满，开始在月河里长成青葱的水草，五彩的锦鲤。如果今晚你我是主宰，天地间，只剩上下两条平行线。三千里银河，闸门归你调配，刹那开闸，亿万枚碎银，从天而降，作为我们身体里的湍流，激越响亮，充盈在人间。天地的高度，是我们相爱的海拔，也是独属于我们两人约会的场景。多么辽阔，我们不仅拥有富庶的白昼，而且拥有深沉的黑夜，那些灌浆的种子，作为我们爱情的誓言，翻滚着，开始萌芽，把虔诚的朝觐，沉甸甸的祝词，献给四季与殿堂，献给香火和灰烬。你用左手写下蜂巢的密语，我用右手写下神圣的图腾。一片头顶雨水的大地，玲珑剔透，会生出葳郁葱茏的鳞片，会奉献翻滚麦芒的稻黍，一片被月光签约的旷野，会长出斑斓的萤火，琼浆玉液的梦呓，以及梦呓里摇曳的蓝海。

### 二

时间，是一匹马，踏着浪花而来，月河，早已备下丰盛的水草和宽敞温馨的马厩。我和沾满凝露的蒹葭为伍，被时间一口口咬去汁液，一口口咀嚼着香甜的根茎。我在这流淌草香的河流里，逡巡，漫步，学着东晋的陶渊明，朗读心远地自偏，悠然见南山。而你，一眼的回眸，皓腕霜雪的气韵，足可以睥睨王右军的《兰亭序》，月河的明镜，光滑圆润，开出了明灭的渔火，玉兰的幽香。你是我贴身的砚台和笔墨，是狼毫笔尖上摇摇欲坠的那一点。力透纸背，只是书法上一个没有温度的词汇，我把一张宣纸，铺展成月河的模样，种下莲花，种下乌篷船，种下丝竹管乐，用莲香，用桨橹，用音符，纳你入怀，我。给月河的每一首情诗，都与节气有关，二十四个节气，二十四枚月亮，滚烫的情话，一串串项链样，佩戴在你胸前，婀娜多姿，呵护你的一生。

## 三

月河不会老去，就像奥黛丽·赫本，在《罗马假日》里回眸一笑，像狄金森，写给泥土和自己终老的情诗。我试着读你的容颜，容颜里的平原、沟壑、沙漠和绿洲，试着读你的呵气如兰的气息。这来自一口深井里的泉涌，沁凉、甘甜。我听见自己，在月河里，被涤荡成一缕水草，一尾游鱼。巨大的天幕里，有幻美的火烧云，坠落下来，它们用灼热的嘴唇，亲吻月河的涟漪，亲吻不断变薄的堤岸。运河把历史的波涛，一遍遍翻拣出来，从浪尖旋涡到河床，就像我们互相在对方的掌心里，寻找皈依的理由，用时钟的嘀嗒声，韧过时间的针孔，抵达澄明坦然的心境。草木为月河遍植葱郁，月河客栈，给月河植入人间烟火，而一盏盏红灯笼，则给月河添加羞涩的笑容，炙热的表白。再辽阔的天空，终究被厚重夜色覆盖。你仰望下北斗星的距离，它们长过我们几生的行走，但在我们举头望月的一刻，感觉亦不遥远，因为，我们互为北斗，近在咫尺。

## 四

  从草地，走向草地，枯萎的落叶，会提醒我，我也是枯叶的近邻，但在月河，改变了我的认知。我们牵手，在月河的水影里，照彻洗涤我们的内心。两颗星子倒影，恰巧，落在我们的倒影里，一声清脆的童声，犹如一颗小石子，掷入水里。月河，融合在一起。波光粼粼的月河，仿若一棵躺倒的大树，长出无数碧绿的枝丫，在呼唤倦鸟的归巢。我们临水照影，月河与那枚签了生死状的月亮，高悬于镂空的江南小镇，仿佛一幅山水画，委身于朝代的玉玺，错过了印戳。月河，藏匿了我们多少青葱岁月，就有多少江南故事，被束缚住了行走的灵感。

# 月河之恋（组诗）

陈于晓

## 七月七，月河记

棱角分明的粽子，一大早就买了
香甜是一种无法抵挡的诱惑
百味的粽子，如同百味的生活

逛逛中基路，想想当年
在"百年老字号"里，找一些
油盐酱醋，顺便采购一篮子的
花香与鸟鸣。总觉得坛弄里
藏着一坛老酒，时间越久，酒越醇
不过她递我的，只是一杯清茶
在秀水兜街，兜兜转转
就像兜兜转转的这一生

江南府城太大，于是月河就小了
街小、巷小、弄小、院小、桥小……
客栈小不小呢？枕水而居
东边日出，西边落雨
运河的波光，月河的潋滟

哪里的歌声,谁的歌声,因着水声
都很缥缈,都很容易把心情淋湿

夕阳吻上廊檐。星光蠢蠢欲动
农历七月七,灯火还是往日的灯火
天上的那一对,放牛的还在放牛
织布的还在织布。天上太遥远
在月河,久长的两情,
都相守着烟火中的朝朝和暮暮

## 桨声欸乃

雾气时而弥漫,时而散开
只要码头还在,桨声总会在空旷处
欸乃。骑竹马的郎
这一刻是划船而来的
弄青梅的人儿,在那一年的秋水中
楚楚成了伊人

往事缠绵的样子,像极了水草
昨天消失的炊烟,今天又在升起
那一年的那一袭粉红
早已沉淀在我的心上
时间褪色成水墨,那挥手的样子
如一面清晰的旗

月河之外,水迢迢
涨涨落落的,是水,也是光阴

燕子又回,少年已不再玲珑
桨声依旧欸乃。陌上花开,水绿如蓝
借问月河,伊人归不归,何时归

## 五月二十日,风吹月河

五月二十日,日历上普通的一天
藏着一条谐音的月河
月老在"我爱你"的谐音里
忙得晕头转向。一对对小情侣
在月河徜徉着,注意叫徜徉
水轻闲,云也轻闲

一支玫瑰是必须的
九百九十九朵,有点太奢侈
不过,蓝印花布必须要上一匹
裁一袭古典的江南,穿在她的身上
如此,她就从月河的诗词中摇曳而出了
至于绣花鞋和高跟鞋
要哪个,尽可随意

骨子里的月河是新的,还是旧的
已经辨识不清。除了水声
可以明确是旧的。那就依偎在月河之畔
任凭旧时的水声,打湿今天的身影吧

阳光一闪,一只蜘蛛降临在头上
我记得水乡人,喜欢把蜘蛛叫做喜子

带来喜事的喜子在人家窗口
小心翼翼地织着一张网
这叫情网，可以把一对小情侣一网打尽

## 在月河，多看了你一眼

老拱桥安静地卧着，龙钟的模样
仿佛比月老还要老态
桥影被波光犁断，也便成西湖断桥了
那晴天也打着雨伞的
是白娘子么？不敢问，怕一开口
羞涩的心思就被一下道破

石阶一级一级，上桥之后
便是下桥。并肩走上一段
也或擦肩而过。下眉头是一处闲愁
上心头是另一处闲愁
墙外行人，墙里佳人，月河芳草
多情和无情，都由笑声惹起

两只蝴蝶，一丛野花
在院子的一角，翅膀被阳光浇湿
你认为它们是从一段起伏的旋律中
飞来的，但它们未必知道
自己已经姓了梁和祝
入了经典的月河爱情辞典

蝶有双飞翼，你有灵犀

只因在人群中多看了你一眼
从此,便有了怀抱月河的想念
当多看一眼的那个人从人群中走出
你却把月老丢在了茫茫人海

## 初　见

这初见,说的是月河
还是喝月河水长大的人儿
我住月河的这一边
你住月河的那一边么

吱嘎,门是春风打开的
那一条深深窄窄的小巷
是你亭亭的身影走出来的
那身影,有着月河般的忧和怨
月河,也有忧和怨么

你饮过的月河水,留着你的影子
如同去年的桃花
还留着你的人面,那一道柴门
早被今年的竹外桃花遮了

我反反复复地在月河中打捞
相比思念,月河水浅多了
初见,转身便是回忆
你来与不来,见与不见
月河水流淌的样子

从来不曾改变

人生何处不离别
又何处不相逢呢

## 蓦然回首

明月别枝,谁也不惊动
约黄昏后的人儿
走过北丽桥,灯火已阑珊

蛙声又起,青草池塘的蛙声
带着新禾的清香
如雨,仿佛挂在廊棚之下

雨声滴答。西窗和东窗的朦胧
不知是哪一年的
晚风剪烛。一盏照梦里水乡
还一盏照梦中红袖
不问归期,也无归期,月河即家

蓦然回首,当年的佳人
如今已白头。老了,哪儿都不去了
这么多年,月河也哪儿都不去
醉里吴音呢喃。无一声
很多时候,胜过有一声

其水弯曲,抱城如月

也抱相爱如满月
一水网，一月河，一见钟情
一心一意，一生一世，一个家

# 月河,我们的爱情见证者(组诗)

李易农

## 十个笔画写出一个爱字

十个笔画,写出一个爱字
在月河边,我一遍遍地
把手指隐于稚嫩的草丛

爱字简单,如同月河的水
自然流淌过我们单纯的心灵
对于你和爱你,我注定要耗费一生
这又是多么愉快的过程

爱是我的路程
而爱你,却是我的方向,如同月河一样
它们和谐而统一
晨起或者日暮
都是恬淡的

纵然喜欢你的人有很多
而像我把一条河作为见证的人,只有我一个

这是必然的修行
也是共同构起岁月隆起的江山
在相约的月河边
我把你赠予我爱的字节
在心里，一遍又一遍地和着月河的水
甜蜜书写

## 在月河边等你

在月河边，我和那些草木一样
都有着葱郁的情怀
远远地，看着你顺着月河的曲线
向我走来

你抬头，阳光把你颂扬得
十分符合我的心思
月河的浪花，有恰到好处的问候
让你的娇羞，成为我下一首爱情诗的
动心词语

你我双眸相对
阳光的画笔，把这一浪漫时刻
用平静的水面作为依托
哦，月河
你是多么理解相爱人的
情怀

这份情怀,正是月老
所推崇的
天长地久

## 我和你

一条河流,月河
另一条河流,岁月的河
它们出发点不在一座山脉
而目的却是同一个地点

这样的结局足够
足够可以阐述爱情的意义
因为月河,因为那些河水的微波
正好把我们爱的剪影融合

你是你,我是我
你是月河边的人流里
最特别的一个
是我用尽平生所有爱的河水
拥抱着的一个

只有拥抱,才能让我更加懂得
爱的责任,就像一条河
因为珍重,而从每一个有爱的心灵上
轻轻流过

## 爱 你

每次站在月河边
看着水中的倒影
我都忍不住想说：爱你

尽管你身后有无数的鸟雀飞过
尽管它们把最为动心的鸣叫
献给了月河和你我
但我们仍然保持着第一次听到的模样
浪漫而润心

月河就是我们爱情的镜子
镜中的你我，已是满脸褶皱
可我却想说：爱你
简单的两个字，成为最复杂的表白

爱你，如果月河可以替我表达
如果月老可以代我传送
那么我将向世界大声宣布
我爱你，这是今生唯一值得骄傲的
选择

# 在月河,我看到爱情最美的侧影(组诗)

陈劲松

## 月河上的两只鸟儿

我猜测,它们一定
处于热恋之中
无数个个早晨和黄昏
它们在月河上嬉戏,追逐
说着绵绵的情话
偶尔也会停下来
落在岸边的树上,交颈而歌

在枝头上,它们紧紧依偎着
头挨着头,肩并着肩
像两颗,熟透了的
世间最甜蜜的果实

## 月河,两只蝴蝶

月河岸边,当它们
落在草叶上
收拢了翅膀
这两封自东晋寄出的

华丽的情书
由谁来打开？

当它们起飞
舒展开美丽的翅膀，
哦，两封斑斓的情书
正被月河的微波
用最深情的声音
轻轻地诵读

## 南湖的街角，两只搬运米粒的蚂蚁

两只沉默的蚂蚁
吃力地搬运着
一颗米粒

它们跌跌撞撞，不择路而行
一会遇上了一块石头的高山
一会又掉进了小坑的深渊
整个下午，两只蚂蚁
搬运着沉重的光阴

我更愿意把它们
看成是一对在尘世中奔波的夫妻
如果你没有穿越过
生活的泥淖
你就无法体会
两只搬运着米粒的蚂蚁
跌跌撞撞的幸福

# 爱在月河（组诗）

## 墨 菊

## 月河辞

月之皎洁河之清澈，从诗经里泛起涟漪
潮生两岸，为青砖黛瓦的光阴
捧出爱的辞典：抱城如月
一条河褪去了作为河的张扬
安宁如初，在人间种下一弯明月

月河，默念一遍，云水相接
长亭短亭就借一双蝴蝶的翅膀
唤醒极致之美。我曾想过
从沉重的肉身到不朽的蝴蝶
飞舞，是否意味着忠贞蜕掉了时间
河水不语，只是抱紧怀中的明月
像抱紧爱的骨骼

倘若你此时也在月河边
也曾用明月的清辉浇灌过凝望
你一定懂得，属于那双蝶前世的青袍上
点点泪痕，隐忍着青苔守护的秘密

## 月河恋歌

每粒星光都是月河喂给黎明的谷物
你不必追问
梦境如何拐入晴朗的夜空

清晨,薄雾从屋檐上垂下
月河清凉的叙述
铺陈开粉墙、青瓦,雕花木窗

仿佛镂空的时光里,返青的相思
值得,我以久酿灯火的屋檐
以及十万月色守候

当吹动万物的风
擦去白云写在流水中的字迹
我仍有一条河的指向
与明月互为倒影

当你听见万物改变形状
我已在月河边完成了回归
像月光回到一滴水
像一滴水装下所有黎明

经学绣塔,经白龙潭
总有一茬鸟鸣啼破烟雨
在流水之上

在月河的眼神里，种下佳期如梦

## 月河的清澈里有我水做的骨头

从清晨到黄昏，天地间
花瓣托着花瓣
夕阳的裙摆展开人世的灯火
我不想说，缤纷盛开
有着无尽的忍耐

月河的叙述契合体内明亮的伤疤
美好的事物从来不多
美好的事物也就是眼前这条河
怀抱一座城亮起的灯火，也就是
一盏灯火，点进月与河的隐喻

除非你能在月河的清澈里
一眼认出我的骨头
除非你能牵出我放养在云霞之上的小马
我不会轻易说出：天光、牧场，以及漫天风露
皆是春天，皆会在你想我的时辰苏醒

## 月河的软

我爱的夜晚，有丝绸质地
我羞于说孤独，是在灯火亮起之后
是在月河星星点点地
把散落的时间缝补成光影之后

不抬头,我也知道古老的月亮
正在一条河的皮肤上写诗
不远眺,我也知道小镇的石板街上
有尘世的反光也有相拥的身影

我不是蝴蝶,不是玫瑰
我是月河的一条波纹
我胸口有风声吹不开的大雪
我心底有背对尘世的痛哭
只等你来,给我月河的软,给我月河的清
给我月河的臂膀与深情

## 月河辞典

月光从穹苍慢慢走下来
河水从时间里缓缓流过来
从爱到爱,所有破碎皆在
月河的修辞中获得完整

人们说的千载春秋
仅是月河,拉近清晨又推远黄昏
但凡用体温完成的事
都将在一轮月的圆满中领受全新的孤独
但凡不变的相望
都将在一条河的宁静中领受幸福

所谓天长地久
无非一双提灯上岸的蝴蝶

无非是两岸悲喜延绵不朽
无非是月河书写的传奇
在一个人的笑窝里种下另一个人的眼泪
在一个人的血管里种下另一个人的泥沙

惟有如此，那枚古典的汉字
才能在秋风萧瑟之上，
葱郁相爱的目光
才能沿着一个女子的忠贞
长出含盐的心跳
是的，这正是我要告诉你的——
当月光成全了河的葡匐
当河水成全了月光的站立

## 在月河的叙述中

必有翅膀飞出肺腑，七月七日夜空晴朗
星光在飞，星光是用草木之心
露水之心相爱的故事
跟普天之下朴素、晶莹的爱情一样
让困在传说中的蝴蝶得以转世

今夜，我不是一缕星光便是一滴河水
我眼里有云朵，我胸口有蝴蝶
你不必追问那些裹紧我的黑夜，此刻
我感觉到蝴蝶抖动着翅膀

你瞧，一千多年也就是这样

我许你取走云朵，蝴蝶
我许你取出我胸口的大雪
在月河婉转的叙述中，再过一千多年还是这样
相思续写着流水，光阴一茬茬老去

# 印象：月河爱情，及其他（组诗）

林 丽

有一种宽泛的爱心心相印，天上人间，月河为鉴
——题记

一

运河水色，撷一缕隔世的月光，冶炼挚情柔骨
集聚的迂回，似爱奔泻。蓬勃，欣荣的修辞
天籁禅音萦绕。岁月赋予的光芒，安恬，祥和

宽泛之爱心心相印，天上人间，月河为鉴
逶迤奢侈的光，共鸣的刀锋，披荆斩棘
铿锵的砥砺，淬炼江南爱情风雨传奇
河流的走向，微妙，浓烈。是一滴水的温柔

将心比心。抱城如月拐了个弯，回望依依
水路的寄托，此时此刻，那么多温婉的词语
被浮云和盘托住。骨子里茂盛，缱绻的韵味

岸际青石锦绣花草树木，和千万首诗歌的
润泽厚重，是留给月河的偈语。夜色微凉

端坐河边的满目葱茏,频频献媚水墨秀色间
恍惚间或可以聆听,朗朗辞赋的声音

遭遇爱情胎记,绝不轻易搬走体内软语呢喃
怕一不小心就会遗失储存的财富。厚积薄发

用姿容优雅的玫瑰百合,注入月河水袖舞姿境界
点掠的火焰,伸进我寡淡的爱情。清晰如昨
我便纷披热烈的浪漫主义云霓,锦上添花

染上少年的通病。沉疴思痛。我们决定远行
从远山追赶夕阳那些斑驳记忆,抽身而出
任凭影子的醉意,搀扶光阴的廊柱,蛰伏隐居

## 二

桃花开了,春风的救赎,依次取出年代晕黄的
酒盅,勾兑爱情诗话。旷达的根基,我们醒着
为了不至于漏洞百出的纠结。在浅显的经络煽情
品出一个个朝代,缠绵不清的海誓山盟

想象诗意的民间,却不见相思的那人归来
月亮的梯子缓落下来。野猫带来雨季的讯息
余晖再低些。就露出一座山胸怀隐逸钟声的脊梁
写意我们从前紧握着的手,和祷告的光阴

丝绸般的花纹像远方流浪的云。情话像一匹
羁旅的马,拴在学绣塔,或白龙潭边上的凌空

一棵古银杏树上。神一般睁眼,便有王子如白龙
沿月河奔跑。便有一枝红杏,雅趣蔓延。勾魂夺魄
我就义无反顾爱上,幸福地屏住呼吸。暮色苍茫

醒来的清晨,静寂盛大如穹。一场印象的雪覆盖
所有人马喧嚣和词语踱过的足迹。潮汐在我体内
枝繁叶茂。从运河以北漂来的舟楫选择停泊

栖息在风雅的码头,遥望古人落笔的姿态
在一场修辞的交锋中选择终老。一滴怀旧的雨珠
顺从巷弄瓦檐的低落,繁衍,生息,暗藏玄机
爱情故里,豢养的乡愁岁月,奔跑,呼啸

## 三

每一枚风尘仆仆的词牌,赶来赴会的灵美丰韵
化为天空之翼,被晚霞映衬的颔首,心澜跌宕
高于月河畔花蕾的印堂。脉搏伸向银河,点亮

爱情余温的再创造。大运河春风在这里奔突
信守打开道道缺口。月河的轻盈,波光潋滟
镀上芬芳与色彩。古色秀州崴蕤南湖宽阔的背上
住着尘世烟云,住着源远流长的日子

交出蕴藉的温度,立下地理标志的誓词
用一截妩媚的身段投石问路。回音是铿锵的砥砺
流水以外的火焰,为江南的风骨持美而夭
像及明月相思耗尽的年华,泥土为水滴动情

所有的道路已泯灭了方向。月河沦陷
催生绵绵细雨,从今往后,湿漉漉洇染着魅影

明眸善睐。青苔无处可长,只好长在诗行里
在月河畔蜿蜒盘旋的溪流里,百媚丛生莲荷参差
错落如小桥流水人家行走的炊烟,酝酿香醇
酩酊的芳馨。乌篷船晃悠出爱情对水流的坚贞

珠联璧合。让我周身,每一个细胞都裂变
鲜活起来。我把自己根植。种下清风和鸟鸣
一再俯低身心,或缄默的匍匐,与祈祷

## 四

一群群候鸟,摇出的梦境,被馨风磨平了棱角
归顺。在空灵,明净中,一湾山水的絮叨微语

铜墙壁垒灵魂皈依。蓝天碧水磨砺月河底蕴涌动
暮色携带圣洁。霞晖,是天书渗出的情话史记

环佩般的南湖家园,隐遁山水肌理,打量
古城辗转初衷,美轮美奂,铸造自己的明月传承

沉湎其中。旧时的云彩,缀饰典雅的穹苍
我站成一株如翡的风荷。以佛禅的态势
令浮躁隐遁。吐息如兰。生命轮回,万物生长

月河小镇,绵亘悠长新的唯美,一呼一吸磅礴浩气
执著走过爱。梁祝翅翼之上,化蝶之恋
释放芬芳的平台。天上的鹊桥虽好,不如掉落人间
一粒钟。石拱桥眼慵懒情调。像我们的凤情
经得起流水回旋,也经得起一日三餐的考验

草长莺飞坐看云起时。妻妻桃源,长天浩荡
涟漪悸动,用禅语箴言鹰隼目光,畅谈江湖烟雨
倾听一棵树的独白。风吹树响,诗也响
词语碰撞爱的火花。我们努力抱紧刹那,迭起
一身黄金的色彩,簌簌地落。倩影随风远飘

## 五

飞扬跋扈。青纱漏月,芦花追日,碧水清莲
沃野良田,爱情絮语。是谁,苦心经营的文字?

一粒粒轻掠若梦的鸟鸣,忠于爱情的智者
安抚山水佳境,运河风华浓墨重彩,浩气长存
爱情故里根深蒂固暖色调,带着刀锋的尖厉
影映,历史的盐渍,汗蒸经年的叙事,或抒情

任意打开一块石头月晕裸露的光润,像肌肤
还留有余温发红,发烫。两双手簇拥着坐下
定格,渐渐变成一池明月,且一点一滴吞没

月亮引领梦呓。我的爱,再次被纵情点燃
在这里,我完成了一次又一次百年穿越,衣钵高贵

青砖灰瓦，让我潜伏的气象多云转晴，花开璀璨

向久违的爱情致敬，一种恩宠从花香中提炼青铜
露水在草尖上打坐，命运的椅子，暗自窃喜
握住流水的声音，就握住了幸福的殿堂
穿指而过的青丝，有你撑着油纸伞的味道和余香

神秀涵润。心无旁骛复苏，审时度势新契机
月河畔的偏安，水泠泠。细腻氤氲的旌麾
投放在微澜的绸面。南湖水骨，惊蛰的唤醒
一切美的偏旁，在转换。面带桃花爱情的尊容

# 在月河,我的一生只剩下短暂(组诗)

申飞凡

一

把每块青石板看作一段往事
回到月河隐居的嘉兴,所有关于爱情的守候
都源于非虚构,月色是用来同居的
陈旧的质地,是南方冬天的黄昏
隐没在河水的树影与光之间
"试图接近白雪落在世间的模样"
年轻时,爱慕的名字
是一株含羞草,在语言的局限性里
用叶片的开合探索爱情的边境
一群飞鸟穿越语言的天花板
又停落在上面
在表征和隐喻里折返,爱每一处转折
蔓延的你。像那些草木一样
当天蓝说出它的侧影,草色就会漫过空旷
我用手指蘸取月河水,为万物命名
为万物立法,比如,香樟树,鸳鸯
比如白墙黛瓦,仿佛爱情的启蒙
横亘在我们之间。深陷应该也是一种爱情

就像此刻我走在月河街区
仿佛是你咖啡里慢慢融化的方糖

## 二

光影的定格与合奏。我们就是嘉韵画廊里
晚归的鸟鸣,像浮动的色块
被一支笔擒住,随光线的偏转
掩住油画的诸多败笔,笔下的香樟林
旁逸出的白鹭,揣着我的心事
寻找另一个同频的心跳
矿物质的颜料,在光线的撮合下
怀念着寡言的月河。金葫芦坊坐在月河畔
为流水押韵,沿着月河行走
把爱走得深沉,我们彼此相对
站在各自的阴影中,用落叶交换心情
那跃动的烛光,四舍五入等于我的心跳
至今灼热至今滚烫。在幽暗的光明下
我在听一阙青苔,讲着光脚的石板路
藏着我永远不能说出、写出的爱情
至今未写出的,由脚步声代为传达
至今未说出口的,一直在由月河代为转述
晚霞从裕染坊走过,航拍了月河全貌
没有发现你遗世孤绝的身影
若你深陷暮色,夏天便最先从你的眼眸开始

## 三

写一本潦草的回忆录,并把往事在绳上结记
那些年久失修的记忆
是古桥狭弄沾满泪水的汉字和叹息
如沉积的落叶,堆叠着记忆中的疼痛
被我的笔尖收回,一生苍白漫长
在月河可以大醉一场,练习一生的泪水和欢愉
一些人刚刚离去,更多的却正在走来
在月河畔打盹,你仿佛乌篷船
横冲直撞,在我心头靠岸
卸下一身的保护色,在一册老旧的琴谱上
细数蝴蝶,陪伴花期的余生
仿佛一切事物都摒弃爱情的保质期
在种种引力间,守恒痛与爱
月色空旷得没有边界,言辞终将隐匿
我躺月河的怀中,等一尾游鱼
把天空擦亮。宅弄中,小家碧玉篦头的剪影
正被光阴挽留下来,时常被我捏在
拇指和食指间,痴痴地凝望
那日渐褪色的部分,用以佐证我对你
日复一日的爱。此刻,鹭鸟从月河掠起
犹如一封未动笔的情书,再落笔时
所有的爱,浓缩成我笔下倾城的文字

## 四

在月河，我的一生只剩下短暂
毕竟我不曾像月河拥有一个爱情的源头
白墙的深情，被黛瓦阅读
我手中划动的船桨的情语，被另一侧船桨阅读
所有勾的细节，被细长的光影阅读
我可以做月河的一盏波澜
翻出爱情的海浪，在静谧深远的牙床内我们
回到月河的体温，仿佛终生的爱情
如盐粒，都在我们的深褶里
一夜析出。白石潭口吐缠绵的情语
被一只候鸟衔进屋内，窗枢的雕花挑破暗语
古色古香描摹了绝版的爱情
断桥上的雨声不断将我们淋湿，涌出的情语
漫过了整座嘉兴，白蛇许仙
梁祝化蝶，都是月河的另一种模样
影印出如梦佳期。暮色深沉
云抱住星，月亲吻水，都拥有了人间的体温
屋檐卷着月光，在嘉兴织一匹宽大的丝绸
我是经线，正带着永不流逝的爱
你是纬线，搀扶起嘉禾水驿、米行
茶馆、粽子博物馆，月河成为一把水质的木棱
穿街走巷，让天涯与海角
地久与天长浓缩成两颗心的距离
让所有的深情，水落石出

## 五

是我独自的夜晚，跌跌撞撞在跑进
月河的胸口，如果暮色再深些
类似伤口的波纹，就能成为昨夜的吻痕
在日常的琐碎里，流淌沉默的誓言
红尘深处记忆的一部分
也仿佛白鹭的笔墨，设计了
一场又一场天空与月河的相逢
写给远方爱人的情书
被月河截留，被月河复制
仿佛湿漉漉的情意从一滴水中苏醒
一尘不染，我徒步走过幽深的廊道
呼喊着我的爱
每一次都能得到月河街巷特有的回复
长长的弄，收藏着月河的雅集
晨烟四起，"这里适合安置柔曼，静谧的爱情"
风声栖在石板路上，只要轻轻走过
就能听见亲吻的回声
爱藏得浅，五芳斋、古今斋糕点的醇香
吸引了两个孤独的人
他们擦肩散离，又在河的对岸相遇
——月河已成为有缘人的红线

## 六

闲时，翻阅《诗经》里的爱情

读的时间久了，一个人就会变成另一个人的影子
唇齿则相依。案头的台灯
已接近天空的澄明
世界如此安静，只是那株合欢开得热烈
在月河情笺上将明清的街巷
描摹地红唇欲滴。天空的蓝被鸟浪捕捉
那是天空的抒情，纯而炽热
只要张开双臂，我就能成为天空的情语
飞翔的爱词，在月河的背脊上
溯游着爱的弧度，独自散步
羁留红尘中的两盏明灯，抑或两枝红烛
也可以成为一盏，融进彼此的生命
也会有暴脾气，争吵
磨损着生活，时常这样描述我们的爱情
火锅配凉茶，我配你
亲爱的，你的温柔源自月河
漫长又短促的一生，我的露台
如你的内心，玫瑰在星光中淋漓盛开

# 爱情悖论（组诗）

## 梁　梓

*爱情是一种宗教*

*——罗兰*

### 爱情来了

像磁石等到了铁，我就要等到你
在蔚蓝而辽远的背景下
内心的磁力线，分割亿万年。还在分

为了爱情，我修炼自己成一小块煤
积攒的全部的热能，家当，命
没错，我愿意为你，从森林，到灰烬

或许还不会相信，我期盼着你
感受着一只蝴蝶即将带来的风暴
——承受刀锋般孤独的洗礼

亲爱的，说到蝴蝶，我像它的左翼
而你必是与之对应的右翼
没有你，我无法实现真正的飞行

尽管如此,我还是错了,爱情真正来临时
我需要重新调校秒针,字典
因为"爱情来了,像突然飞起的鸟群。"①

注:①引于[英]卡罗尔·安·达菲的句子

## 写 意

若非因为爱情,红嘴叫不可能整夜地叫?
它仿佛又不是叫,是用叫塑造出另一个自己
它叫得如此痴情

若非因为爱情,百合举起杯盏怎会如此迟缓?
围拢着自己的小小穹窿,你要知道———
这就是它的全部啊,此刻,它为你打开

若非因为爱情,怎会有"一只鸽子
看见另一只鸽子,
而旷野有一只鸽子如一本受伤的书。"②

拍打翅膀,空气发出爆裂的声响
一次次,我们用翅膀划出新鲜的线条
像是生命本身。像一句诗,被拖拽出来

若非因为爱情,你怎么会越来越孤独
之前就潜在伤口,居住着神?
而我们甘愿去做这个义工,一点点去填平

注:②引于昌耀诗《一只鸽子》。

## 爱情悖论

我们相爱,像两个冰块,彼此拥抱
融化,再也分不清彼此
可透明和纯净的本质并未消逝

我们相爱,像不爱那样自然
像经卷之于两个虔诚的教徒
像改革着生活律法的人,彼此谅解

我们原本都有错
之前所有的脚本不过是为了彼此颠覆
我们之前是零,现在成为彼此的负数

你说,爱情,再简单不过
如同受命于天;我们还是一遍遍解着
——仿佛无解的方程,乐此不疲

那在毁灭中诞生我的
怎么能停止爱你?亲爱,交换所有的河流、矿脉
我在悲伤中为爱情加冕,注释

## 爱情是别的事物

比露水更轻盈,澄澈,完整的一小部分
比燕子划出的线条更古老、新鲜
无法描摹,又好像从来不曾抵达

比一朵花还不遗余力
散出香气，无息的陨落，像没有开过
就是这样啊，与时间、宿命、死亡相抗衡

我总说，爱情是别的事物
将其捕捉
盛在文字的器皿里，像星星，幽微而局促

我们没有律法，也不为之缔造
自由，又并非绝对盲目；像是两棵树
钟情于对望；像白雪中的两个稻草人

没有更好的语言能够将它描述？
是的，不是太轻，就是太重
毋宁说，它更像野花；而野，我们唯一的气质

## 赖以为生

亲爱的，我们一直在打造着一艘大船
而这之前，我们栽种树木，获得浓荫
回头看，我们不曾远离，并非原地踏步

是的，我已经感到，爱，并非越来越坚强
而是越来越脆弱，（像两个瓷器）诸如此刻
我们已分不清彼此，互相赖以为生

岁月有洪荒之力，可它再也无法改变我们

确实不曾成熟,也内心拒绝
就让每天都是一粒新种子,滋滋地发芽

是的,当你也这样认为
"我们也穿着种子的衣裳到处流浪
我们没有找到可以依附三角洲。"③

我们不需要去创造爱,放弃打造
只需去感受吧,潮汐。是的,这已足够
——像两个鹅卵石,消失着彼此的圆润

注:③引海子诗《河水初次带来的孩子》。

# 爱情之河（组诗）

## 鲁绪刚

### 一

音乐坠满金色的河面，江南风在流放中燃烧
没有退路，我走向你的温柔
这浪漫而唯一的诱惑，如一朵饱满的浪花
在月光下快乐的盛开，歌唱
把我苍白的容颜养活

沿着你河岸的手臂，流走了等待的时间
每一个漩涡都深不见底
每一个黎明都为世界捧出青春而蓬勃的杯盏
云朵和乌篷船用绿色的镜子梳妆
孤独的码头，守着更孤独的岁月
让我何以如风如雨如阳光
感恩你缔造万般风情的剧痛
从新芽妙曼的春天素妆而来
在你魅力突出的胸膛上肆意放纵生命
宁愿从此失去忧郁，失去思念
为了成全一次忠贞，我无力地寻找
你留给我选择的禁地

## 二

我背叛了路边的野草和残缺的天空
四溅的黄昏已长成月亮般闪耀的胴体
让柔情喘息地吟唱每一句狂妄誓言
钟声已渴死在变幻的灰云下
谁让我手指上黄金的诺言
把我的过去一一没收
听说我们坐过的那座古桥上月光还在

有什么再可以入梦
乱发在疯狂地扑打我愚蠢的头颅

那些我们走过的路,那些
在河水中悠来荡去的船与帆,以及
无边无际的江南风
会把我们演变成一万年后垂死的丑石
而我每夜每夜写给你的情书
在时间瑟瑟无力的文字中慢慢焚烧

## 三

我和你踩着沙粒轻轻走在河边,在
安静的早晨,河水又悄悄涌上来
刚好齐了脚踝,阳光荒凉而干净
多像我仓促而庸碌的半生

此刻,我无法与你述说命里的事物
那些细微的、真实的疼痛和泪水
也不能言及北方的粗糙与旷远
沙粒在脚下咯吱咯吱作响
我们的手轻轻牵着,像鱼儿牵着河水
风儿牵着桅帆。我和你就这样
沿着月河的河岸,踩着沙粒来来回回地走
一早晨的时光就这样慢慢走着
一生的深情就这样越走越浓

## 四

我明白你的身体里,养着一万支玫瑰
和十万爱情的传说
我用尽了一生来爱你
仿佛神的旨意
我知道在你的唇齿之间,紧紧噙着的
一定是生命无法左右的浪涛

从北方到南方,撒下了许多爱与忧伤
唯一的安慰,就是此刻
我们心中都无刀剑,只有河水在轻轻吟唱
这时候我们在河边,看到颤栗的河面
到处都是呢喃的浪花
江南风用深情的语言说着月河独特的爱
给出人间最美最浪漫的时光

## 五

请把你的全部给我,就如我给了你全部
请你陪我一起走,留住我们选择的活着方式
月河两岸的一砖一瓦,为你拂打我疼痛的表达
我不再需要承诺
一颗星星就可以概括夜的语言
一缕洁白的月光
对于我,已经足够

请把你温暖的手给我,请用你温柔而坚实的
身体,替我挡住一世的暗礁和杂草
请你,用微笑开启心扉
容纳一粒沙子的居住或流浪
让我在你喃喃的细语中,以水的形象
和你一起潮起潮落
请给我一段浪漫而刻骨的爱情故事
请给我一片碧蓝的天空
让我透明的鸽子,轻轻划过

# 被月河"偷看"的爱（组诗）

慕 亦

## 前 世

笙歌喧闹，红绡争数的画舫
依靠在抱城如月的一弯支流上
月光下的粼粼水波似极了剪碎的泪
灯火阑珊处，可有人听见我哭？
隐隐的读书声在熙攘中有如一缕游丝
我循着声音寻找
跟我一样不属于热闹的灵魂
四眸相对，你神情清浅
青灯狭弄，把酒诵经纶
滚滚红尘，谁能想到
江南的月色下
投射着温热的相遇
不忍你独酌失意，醉卧榻边
不舍你寒窗苦读，无人诉衷肠
你问我为什么爱你
我找不到语言回答
犹似故人，与子偕归
不问归往何处

## 轮　回

烟雨朦胧的秀水兜巷
我撑着油纸伞
踱步在青石板路上
偶尔飞过的堂前家燕私语呢喃
手指抚过层层的绿苔
像在跟许久未见的老朋友叙旧
每一个静寂的夜晚
我都想撕开那
有如镶嵌着宝石的黑丝绒
看看你是否就藏在月色后面
泛着反光的月河水
像新轧的铜镜
我把情愫揉进簪花小楷中
把那满心欢喜晕染开
我要把花开、日落、莺啼统统寄给你
也要把温粥、采桑、习字全都告诉你
你再不来，叶子该落尽了
假如轮回只为这一遭的相聚
我愿虔诚焚香，静默千年

## 契　阔

晨曦照壁，晨钟绕耳
我着一袭白纱，朦胧初醒
细柔的河水摩挲着我的脚底

仿佛按捺着等待重逢的澎湃
那尾锦鲤那方青砖知我为何而来
我追寻着你呼吸的味道奔去
时光随风在耳畔飞速旋转
穿越千年的挂念啊
荡漾千年的等待啊
就像黛瓦檐角的白云
舒卷着千年的盼望
我在佛前苦求千年
甘愿做扑向烈焰的飞蛾
连天边的晚霞都忍不住绯红瑰丽
像新娘子的红盖头
眼前的影与彼时缱绻的心跳交叠
眼泪沾湿了颤动睫毛
凭栏赏望水乡的错落婀娜和忠贞风骨
连晚风都在撩拨彼此的思念
心跳应和着河水拍打岸板的节拍
如舟的弯月倒映在河水中
你我的斜影仿佛置身于这扁小舟上
这汪明珠般的水中
只有我们三世情缘的相守

# 从一条河打捞爱情标本（组诗）

尚明梅

想念汇成河，抽条成爱情的图腾
不忘，不舍，不离，不弃，直叫人生死相许

——题记

## 初 恋

一条溪的投石问路，引出第一季爱恋的十面埋伏
与一条河的溯回，刚好遇见，立意最初的相会

置身于此，无处安放的青春荷尔蒙
就坐实了爱情的起源。初开了情窦，涓涓的爱意

懵懵懂懂地汇集，羞羞涩涩地向前
荡漾的心，绵绵不绝地，向一条河交出爱恋

春天来了，爱的气候，适时升温、转暖
冰雪融化，暖流奔涌，赴会一场梅雨，相思雨纷纷

一条河，便再也压制不住体内的波澜，传出春汛
爱情的水位暴涨，三千弱水，泅渡四月的桃花

行有情的运,渡有意的劫,红粉了青春的豆蔻
花季雨季的光芒,被心中的小鹿,撞乱了阵脚

确认过眼神,河里的扁舟,包藏着丘比特的金箭
借了一路明媚的东风,就射向了初恋的战场

## 暗　恋

所谓伊人,在水一方。隔着一条河的恋爱
用注目,凝心一厢情愿,用守候,安身一往情深

想说出的思念,说不出;想表达的爱恋,表达不了
澎湃的矛和默然的盾,结为一体

定是受了水的启发,将融汇完美设计
用风平浪静压住叩响春天的暗流

晓露痴缠,星月为凭,不远处缥缈的渔火
安抚了眼穿肠断的倾心,隐身于河的情话

泗水而渡,绾成了一段解不开的相思结
不共春心,不求回报,不予承诺

只于缄默中结绳,埋伏成爱情的卧底
做好每一次牵肠挂肚的内应

## 热　恋

一日不见，如隔三秋。思念的引线
引爆山盟与海誓，坠入爱河的红尘男女

共用一条河的涟漪，浪得一波三折
漫得汹涌澎湃，溢出了曾经的沧海

向百年求好合，折叠了相庄白首
无数刻骨铭心的桥段，就架起了干柴烈火的通途

相悦的两情啊，就将沦为同舟共济的动词
天涯契阔，形影不离，倾向于，结不解缘

## 余　恋

朱弦断，明镜缺，朝露晞，芳时歇
情深的故事不再延续，诀别的念力高涨

江海辽阔，奔流的速度，不会停下
私心向海，除了支流，再没有退路

尽管回忆余香缭绕，终将被一一稀释
只需再一次交汇，就能截断上游的风月

## 从一条河打捞爱情标本

你从我的身边走过,抱城如月
抱成一处情思萦绕的遗址

一条河,因一弯月,群雕了儿女情长
象征了爱情,开凿成天下有情人的渡口

阴的月,晴的月,缺的月,圆的月
都在这则天长地久的故事里靠岸

靠岸成爱的标本,靠岸成情的图腾
不忘,不舍,不离,不弃,直叫人生死相许

# 年份里的月河（组诗）

孙庆丰


## 月河一九二一

就在不远处，在那座叫南湖的
一艘游船里，有一小群人，他们热血激荡
慷慨陈词，明知道这里有一条月河
也明知道月河是一座古老的爱情圣地

可是那一刻，他们只谈革命，不谈爱情
爱情，在那个风雨飘摇的时代，对每一个
粪土当年万户侯，以天下兴亡为己任的
有为青年来说，都是一件奢侈的事

国运兴衰，系于我辈
当一片本该安宁的土地，满眼都是
血雨腥风，哪里还容得下风花雪月
唯有找寻革命的真理，才是对爱情
最美好的希冀

藏起来，把心中的小爱藏起来
化作拯救民族危亡的大爱，举起右手

小声宣誓：我志愿加入中国共产党……
为共产主义奋斗终生……
那一刻，奔腾的月河水，记住了这些
可爱的面孔，也记住了这些光辉的名字

这世上，还有什么样的爱，比革命的大爱
更能让人高山仰止？还有什么样的故事
比一小群人，为了能让更多的人
在月河边畅谈美好幸福的爱情，而更加
可歌可泣，感天动地？！

## 月河一九四九

说好了，等革命胜利了
我们就在月河边，补办一场盛大的婚礼
可是现在啊，亲爱的，你在哪里？
那些约好了，要一起，吃喜糖
喝喜酒的战友们，你们一个个，又在哪里？

你们在南昌城被战火烧焦的废墟下
你们在长征路上厚厚的白雪和泥泞的沼泽里
你们在抗日战争被枪林弹雨掩埋的战场上
你们在解放战争即将被黎明照亮的夜空里

如今啊，这偌大的月河边
只有我一个人手捧鲜花，穿着新中国生产的
第一批漂亮的新娘服饰，来补办这场本该盛大的
有万千人祝福的革命婚礼

可是亲爱的爱人啊,亲爱的战友们
这一刻,我从心里并不觉得有多寂寞
我觉得自己是这世上最幸福的新娘
因为,我看到这月河里的每一朵浪花
都有一张熟悉的笑脸,都有一个可亲可敬的名字
他们都是让我怀念和爱戴的革命军人
为了亿万人能够拥有,美好的爱情和幸福的婚姻
便义无反顾地把自己的生命,融入革命壮烈的洪流里

如今,岁月静好,月河旖旎
我坚信,在这片人民当家做主的土地上
在这条重新焕发了爱情圣地生机的月河边
必将在新中国崭新的史册上,书写出一个又一个
美丽动人的爱情故事!

## 月河一九七八

这是冬日的月河边,阳光轻柔地
落在河面上,仿佛落满了黄澄澄的金子
就连风儿到了月河,也突然变得温顺起来
它们和阳光爱慕地依偎在一起,让原本冰凉
刺骨的河水,瞬间就拥有了融融的暖意

不远处,一群喜鹊正在叽叽喳喳地
争相传颂着,一个即将唱响的,与春天有关的
动人故事!春天与爱情有关吗?
大地不语,月河不语,是生怕惊扰了河边那对
满脸都是激动和喜悦的青年男女

男青年说,亲爱的,党的十一届三中全会刚刚结束
家庭联产承包责任制的大幕,即将在中华大地
盛大开启,等明年六月,我家的麦地丰收了
就给你家送去定亲的聘礼,我们就选在农历七月初七
在这美丽的月河边,举办一场盛大的婚礼

女青年说,亲爱的,想想就让人好激动哦
从现在起,我要掰着指头数日子
真希望明年的农历七月初七快点到来
我们,能成为这改革开放后的月河边
第一对结婚的情侣

突然,一群喜鹊飞向月河
搭起了一座美丽的鹊桥,青年男女远远望去
鹊桥的对面,《春天的故事》响彻云霄
满眼都是富裕、幸福的好日子!

## 月河二〇一七

新时代,新生活,新嘉兴,新月河
这些年,究竟有多少对幸福的情侣
或在月河边私定终身,或在七夕夜喜结连理
在新中国幸福的史册上,或许已经很难统计

而能够统计的,是一九二一年七月的月河边
曾经有一小群人,为了四万万同胞的幸福
自觉把个人的爱情,服从于民族救亡的大义
渴望革命胜利的那一天,清凌凌的月河边

不再是大众满耳的嗟伤，到处都是幸福的泪滴

昨天，一滴泪落进月河，就是一个凄美的
爱情故事；今天，一滴泪落进月河
就是一个动人的爱情传奇，月河啊
你这座让人尊崇、仰望、敬畏、向往的
一个民族自豪的爱情圣地

如今，红色的基因孕育出了一片绿色的天地
放眼月河锦绣的生态，如诗如画，婀娜多姿
每一个七夕，这里都有动人的爱情故事上演
每一个看似鸡零狗碎的日子，都是让人刻骨铭心的七夕

忆往昔峥嵘岁月稠，一小群人用鲜血和生命
为一大群人托起了绵长的福祉，这个七夕
在嘉兴，在月河，当我们再次谈论起爱情
我们不说悲伤，只说幸福，我们把右手
高高地举起，大声宣誓：为了早日实现
中华民族伟大复兴的中国梦，我们从嘉兴再出发
向着更加美好幸福的明天，执子之手，与子偕老
扬帆远航，拼搏进击！

# 月河，写给水墨江南的爱情神话（组诗）

李改香

## 醉美的遇见

那一年，在水墨江南邂逅了你
你划着木兰舟，我撑着采莲船
你说，你曾是天上最明亮的星
经过天地轮回里的星云变幻
为了爱情，划破漫长而寂寥的黑夜
坠落在月河之畔
而我，就是月河清澈、温柔的水
遇到我，你便找到了停泊的港湾
你唱起动人的情歌
溅起爱的浪花，拨动着我的心弦
我用似水的柔情
融化了你无边的寒夜和孤独
我们双双坠入爱河
一任爱的潮汐在心中泛滥
你把我们的爱情唱成地老天荒
我把你写入抱城如月的美丽版图
无论月缺月圆，都把爱的光芒洒向人间
洒在我们的脸上、身上

洒满运河城西的嘉兴画卷

## 刻骨铭心的相知

月投入河的怀抱,激起爱的浪花
河唱起动听的歌曲,那是爱的旋律
一阵风来,拨动河温柔的心弦
一瓣花落,把月的腮染成胭脂的绯色
月懂河的温柔,河溶化月的孤寂
你的眼中有我,我的心中有你
你凝望远方,我懂你眸中深隐的孤单
我轻蹙眉头,你懂我心头清浅的忧郁
我听到了你的心跳
带着春天的气息
带着月光的皎洁和河的温柔
爱情的浪花在这里激起
这是一条河与一轮月的契约
这是海枯石烂的爱情,刻骨铭心的相知

## 天荒地老的诺言

你说你爱我,即使天荒地老
爱我的心,永不改变
我说我爱你,就像月河的水
从不枯竭
每一个白天,你为我捧来一轮日出
温暖我的心灵,装扮月与河相约的浪漫诗篇
每一个夜晚,你为我摘来一轮月亮,和满天星斗

照亮茫茫夜空,驱逐无边孤寂
而我,就是潋滟着诗意青花的水墨江南
用或清浅或渊静的怀抱,拥抱与你的爱情
用我们的爱情滋润嘉兴的人间天堂,山水田园
春天来了,我们一起欣赏盛开的繁花
和花丛中梁山伯与祝英台化成的蝴蝶
黄昏近了,我们互相依偎
坐在柔软的莎草丛中,凝望隔河相望的牛郎织女
你说,你是我的牛郎
我说,我是你的织女
我们手牵手,肩并肩
我们不仅有天荒地老,还有朝朝暮暮
月是照亮爱情之路的明灯
河中流淌的水,是海枯石烂的爱情见证

## 耳鬓厮磨的长相守

不再憧憬梁山伯与祝英台的浪漫
不再羡慕牛郎织女的传奇
月与河已经约定
要生生世世,长相厮守
在白龙潭、青石巷的爱情版图中
月为河皎洁,照亮了亘古而漫长的夜空
河为月清柔,流淌着爱情的蜜汁
滋润着我们爱情的田园
我们在月河岸边,筑一所向阳的小屋吧
从此,在水墨江南的爱情神话里
我们长相厮守

朝听啼鸟，晚看流霞
沐浴阳光，承担风雨
一起欣赏古老而年轻的嘉兴山水
一起描绘江南水乡的秀美画卷
播种爱情，收获幸福

# 对一枚月亮的爱，月河用的是爱的 N 次方（组诗）

马冬生

## 暗恋一枚月亮，月河把自己想成了弧形

知道天上只有一枚月亮
知道月亮在照月河时
肯定也照了世上其他的河流

但月河，不管这些
就是要鬼迷心窍在一棵树上吊死
有月时，称自己是月的河
无月时，依然说自己是月的河

对于大献殷勤的太阳
月河从未放在心上
一颗心交给了月亮
再火热的阳光也追不到它

抱着古城，一抱就是上千年
谁说月河的拥抱不够深情
月河，把自己弯成弧形
一定是想月亮想得发了疯

## 表白一枚月亮，月河动用了一河的情话

为了让一枚月亮，动心
月河首先拟写了一河的情话
两岸亮起的灯笼红
都给将要表白的话精心润了色

涌动的浪花默契得心照不宣
摇船的橹，随时推波助澜
说给月亮的话，就要说到心的深处
月河的滔滔不绝，谁也不许打断

还须让一枚月亮，动情
一河的誓言，用完了
大运河可以无数次充值
表白的话，月老允许决堤

备了乌篷船，和夜夜笙歌
备了风情场，和曲觞缓缓
动用一河的情话，若不够
倒映一片蓝天，以波光粼粼见证

## 情定一枚月亮，月河沦陷成了爱的河

一条河，在上游经历了什么
在下游，将与谁共度此生

月河表白的深情与选择的坚定
让一枚月亮，甘愿放弃天界一切

选择农历十五圆圆满满的吉日
一枚月亮，用吻情定了终生
醉了的月河，放缓了光阴的流速
从此知晓吻才是涟漪幸福的源泉

月河走，月亮也跟着走
同步同向，一样心有灵犀
走到哪里，就吻到哪里
一条河心甘情愿沦陷成爱的河

两岸的民居和店铺，看得着迷
影子掉进河里了，仍在看
一条河把一枚月亮放在心上
整个街区的夜色愈显扑朔迷离

## 深爱一枚月亮，月河从不计较它的圆与缺

一条河，不因为成了爱河
而忘记流入瀚海
一枚月亮，不因为和一条河的厮守
而忘了朗照天下

月亮照月亮的
月河流月河的
初一到十五，月亮在想什么

月河也在想什么

两情若是久长时
又岂在朝朝暮暮
一枚月亮,从不嫌弃一条河的弯曲
一条河也不计较月亮的圆与缺

不再开疆拓土
9万平方米的爱,刚刚好
每一寸水土,都是清欢
月河和月亮,越看越有夫妻相

## 想念一枚月亮,想得月河断了肠

白天还好,月河迎来送往
忙碌得没有时间去想
只是在穿越圆拱形的桥洞时
把流淌的脚步放得很慢

盼望着晚上的到来,又怕来
每个月总有那么几天让月河伤怀
云朵中时隐时现,或者阴雨绵绵
月河,只能把一城的灯光想成月光

没有月亮的夜晚,就数星星
数来数去,越数越彻夜难眠
想得断了肠,月河只好用流水
掩饰和修复一条河的相思成灾

想它的皎洁,想它的澄明
想它倒映在水里的妩媚多姿
想它的圆,也想它的缺……
想,让一条河把水都流成了泪

## 执手一枚月亮,月河宁愿变成沧海

月濠、月湄、荷月桥、抱月埭……
不用考古,月河对月亮的恋情
是青梅竹马、两小无猜的那种
是嵌进骨子里的那种

不要问月河的爱有多深
天有多高,都能够倒映
不要问月亮的情有多纯洁
水,只荡漾月的清辉

把一滴水一滴水的澎湃
全部用在一枚月亮身上
月河,即使变成沧海
也是一枚月亮的温柔之乡

像月河和月亮一样爱吧
或隶书,或楷书,或草书,或行书
一笔一画,一辈子
奢华时相依相偎,斑驳时不离不弃

# 致月河,兼致某某(组诗)

卢艳艳

## 黄昏的月河

黄昏的光线
使水面晶亮起来
街市落在这片弯曲如月的镜里
一会儿实
一会儿虚
仿佛阴晴不定的爱情

风吹着木窗的镂空花格
像一个不知所措的人
撞击着四面空壁
风在窗门外,徘徊了许久
并不急着离开,反而一头扑进了
一个人的怀里——
她一边抬头看天,一边踱下石阶

倚门而望,夕阳像一团
快燃尽的火
晚霞层层叠叠

停在各自的高度和位置上
像一些想法无法落地
反复在空茫的脑海里盘旋

风声渐息，留下一个低头沉默的人
在转身回屋之前
看见一群飞蛾，相拥着
扑向岸边的街灯
几片光影落在临水的窗台上
唤醒了许多
月亮一样皎洁而多情的灵魂

在夜晚，潜入河中
想要说出自己
内心深处隐约的
悲伤和孤独。刚开口
却化作水面上一圈圈涟漪
转眼，就消散了

## 看　河

坐在码头看河。水倚着岸
岸等着船。我身边有风擦过

一只猫在我默读的诗句里
醒来，被灯光赶到屋顶

荷丛蛙鸣聚集

街上路灯沉默

一只船穿过迷雾,穿过石拱桥
飘在月河蒙蒙细雨里

桨声蔓延开,拍打河岸
击碎疲惫的水花

船开走的时候,我拉远——
目光,试着离开

船停泊的时候
我收回目光,想象某人归来

高高的河上,一会儿是云
一会儿是雾,一会儿是炊烟

宁可流离失所,也不回到地面

## 南有嘉鱼

进退维谷的目光,仿佛
一个人的前世,只为了等你
划船而过
有柔美到微醺模样
只要一个眼神
就能晃动流光溢彩
迷失在,迂回曲折的古街深巷

尘世喧嚣散了又聚
最后的赞美属于漏网之鱼
用时光编制
不会老去。还在月河幽暗的水里
还在一次次簇拥觅食后
迅速转身，试着逃走

只抓到一滴发暗的泪
一串发苦的泡
被水草缠住，挣扎着掉光鳞片
纠缠的眼眸滑向水底
陷入绝境
陷入宿命
穿不透四面陡壁
来生依然有琼液，幻景，枝藤
有越来越逼近的眼疾

## 针

自从你我，在月河道别
一个向南，一个向北
已十年有余
这么长的时间里
我终于把压在心口的铁棒
磨成了针

只是，它依然藏在我的体内

不准备穿骨而出
不准备刺心而死

为了保命
我学钟表,匀速转动
我学庄稼,笑迎收割
我学杨柳,随风摇摆
我学离鸟,卸下一半的自己

熟悉的陌生人
你可能会说我天真
谢谢你夸我优雅
我用我残余的微笑
和完整的尖利
回馈这人间无穷无尽的爱
直至交出另一半骨架
和一根生锈
而饱含鲜血的,疼痛

## 今　夜

夜色蓬松,轻风温良。我怀疑
昨夜走丢的月亮
此刻重新被月河找了回来
在中基路热闹的人群之外
它注视我,用洒下的光亮制造影子
向另一个影子致敬

只有这一晚,一个人的行走如此
富有弹性。在街巷角落
记忆被风吹散一次,月色就将我辨识一次
并指引我一次次抬头:
只见月亮
独自居住在一大片夜空的寂寞里

它开始变圆,变亮
像一位厌倦了窥探的窥探者
把挡住它的花格窗棂完全敞开
露出整个脸庞
而你是它眼中那个黑色瞳孔
无论我在哪里,都无法聚焦

尤其在万家灯火的夜里
我一次次试图确定
最清晰的歉意,能挽留住什么
当它一边漫步一边消失在最乐亭外
而我却始终走不出巷口
我习惯于等待月亮落入月河那一刻

等待眼中曾经闪烁着火苗的你
变成四散而去的迷雾
等待灯光黯淡,树影斑驳
月亮随月河的水,穿越
大半个南湖
在不同的夜晚——

向同一个方向仰望,一次次
目睹它
把大小不一的黑暗,嵌入
光洁的腹部——
凹陷,隆起,又渐次干瘪
像管不住幻想的青春期

只能交给现实发烫的身体
那些白白浪费掉的光芒
堆积在,不为人知之处
直到黑暗淹没四周,等待你在昨夜码头
随手扔过来一个
月亮般不可触摸的救生圈

## 每一次回眸,在月河

船泊在石桥下,等待起航
粽子的芳香渗进
小巷每一段,蜿蜒曲折的河岸
温润的读书郎一来
就让他讲讲梁山伯与祝英台的故事
把两双脚印留在石板上
将爱的种子
埋在石板之间的缝隙中

草长莺飞时,沉甸甸的船,从城外
缓缓驶来。满载阳光和雨露
只有大运河,才能承受得起

如此丰饶的馈赠
街巷天空细长,沿河而筑的故园里
还回荡着书声琅琅。不想转身
就顺流而去吧
拐个弯就是广阔的天地

或者,做个渡河而返的过客
看官舫贾船,穿梭不绝
看七月初七的月亮,已经圆了1700回
每一回都有鹊桥相会
在月河的船影,灯影,人影里
每一次回眸
我都看见自己如七月荷叶
向你伸出双手

# 甜蜜的话语,是一滴清凉的露珠(组诗)

何玉宝

## 穿　越

一个猛子扎进月河
就回到吴越神话里
你顺直的长发
像我弹奏情歌的琴弦
在宁静的水边舒缓、悠扬、期待

你脸颊上笑意灿烂若花
盛放出传说中最美的姿态
让我今夜放下所有,为你奔走
朝月河里又一次
放飞梦想

追寻,期望
哪怕只有擦肩的相泯一笑
了却这千百年藏在心里的夙愿
让最爱的琴声穿越天上人间
抵达你的心房

## 七夕夜话

星星把秀水织成月河画境
如同喜鹊,为牛郎架一座天桥
天上人间便在今夜重逢
那追赶的心,奔跑在广瀚里
飞舞成幸福的花朵

那是传说,而今夜
我静守万籁,搬出多年前
栽种在心里的葡萄园
等待你晶莹的眼神穿透心窝

盘踞心里的情种发芽了又发芽
柔进梦里的情诗展开了又展开
苍穹里,你飘逸的裙裾慢慢飘落
掩住了我灿烂的笑容。葡萄园里
甜蜜的话语,是一滴清凉的露珠

## 今夜,为你写一首诗

云彩匆匆,是赶往鹊桥的花束
等你的我,像葡萄架上缠绵的藤
坚守,安静地仰望着星海
——那一颗心头永远闪烁的你

你还没有来,或许路太遥远

还在赶往的途中
或许正为那束花，在耐心等待
那时光，像爬过葡萄藤的蜗牛

静静地，那滴清凉的露水
落下。在七夕的夜里驱赶炎热
安静地坐着，面对苍茫写一首诗
等你，在这里
一直等到你跌进怀里

## 七夕这一天

人们围观着日历，臆想着情人
我喜欢你，绝不是只想偷情
准备在余生里执手相望

而七夕这一天，你一言不发
静坐在我脑海里，和我对峙

我只好一声感叹
这得罪不起的沉默
已经疼痛了好几年

## 葡萄园夜话

你用绿叶蒙住我的眼睛
让我坐在藤架下
猜想情话有多甜蜜

等呀等呀
河汉十万里
相距已千年
只有蝉鸣依旧叫得意乱

轻轻地拨开绿叶
星辰便散落成你眼里的泪珠
深情得晶莹
我不知是否还能说你是酸的

但是，今夜弦月半轮
画不出甜蜜的滋味
我还要蒙上眼睛
去猜想你到底有多圆

# 我只能静静地看着你（组诗）

东方惠

## 你是我心里的一幅画

一只小提琴拉出的蝴蝶
一阕宋词里吟出的婉约
一首一生写不完的长诗
一支《遇上你是我的缘》

哦！亲爱的，你是收藏在
我心里的一幅画，从去年的今日
一直藏到现在，行将藏到永远
成了我不离不弃的呼吸

一生的爱和命，都握在
你的十指中间，都淌在
我的血液中。一生有多长
一生长度啊！就是一个人
睁开眼和闭上眼的那段时间

藏在蝴蝶翅膀里的相思啊
让小提琴的琴弓泄露了秘密

在诗里缠绵,词里婉约
在歌里淌出一条爱的河

## 我只能静静地看着你

乡下归来,一直在问自己
是不是坐错了位置
但我不想说出口,怕嘴里的爱
和心里的爱,拉开距离

我只能静静地看着你,看你
手中的玫瑰,最后放到谁的手里
看你目光停留的位置
温暖了谁的情意

一直在看,看你心里的芳草地
长出谁的花期。时而把目光收回
时而伸出情感的触须,试探花香
最终能不能沁入我的心里

## 一个人坐在门外

一个人静静地坐在门外
想心事,想天上的月亮
和月亮上的嫦娥,此时
是不是和我一样孤独
一样找不到回家的感觉

此时，多想有一只夜莺飞来
用她优美的歌喉，为我唱一支
动情的歌。让我跳动的心
为他伴舞，为他把自己的
心扉打开，然后在一本
名叫《诗经》的书中相聚

一个人坐在门外看月亮
让孤独与孤独紧紧相拥
让心底大片的花朵，迎接
一只翩翩起舞的蝴蝶
让一首《蝶恋花》成为此生
永远的铭记——

## 相思一夜就憔悴了

相思一夜就憔悴了
瘦了大半边的月亮，在一朵云里
把自己磨成了一把弯刀，不知
要收割谁的心事

爱，总是在相思中一点点
长大。相思不是爱的形式
嘴上的爱，飘出心灵的影子

分别的时候，一扇窗就是你的
画框，你在框里频频回首
我在框外，把相思洒了一地

直到你从视线里慢慢消失

每次分别，都重复一个细节
当画里画外，成为彼此的牵挂
相思，又构思了新的故事

## 桃花开的时候

桃花开的时候，我在梦里
梦里的挑花，只开给我自己
梦里看桃花，才能看出来
真正属于我自己的故事

红红的桃花，红红的心事
在一棵棵桃树上张扬。尽管
桃花没看出我此时的心情
她妖妖地开着，把四月的心情
开成我一生一世的心愿

北方桃花，总比南方的桃花
开得晚些，比我梦里的桃花
开得更晚。不管她们谁更懂我
桃花都是一生放不下的牵挂

## 读你娓娓的陈述

读你娓娓的陈述，我把心弦
弹出血来，然后在一朵花的上面

写满祝词,看沈园里的陆游
今夜,是否又和我一样的孤独

红酥手,红的让我的心酸成一枚冻梨
桃花落,落得让我的一生都唱不完
那首别离的歌。山盟是一棵永远不能开花的树
写进你的诗中,在我的记忆中独舞

读你娓娓的陈述,像读我自己
眼角的泪痕,把每一行都读成
一段故事,读成平平仄仄的诗歌
插进我生命的扉页

## 故事是踏着月光来的

点燃一棵蜡烛,却怎么也
找不到李商隐一袭青衫的影子
烛光下,只有我心里的故事
与烛光缠绵不休,不离不弃

故事是踏着月光来的,进了
我的卧室,它什么也没说
就匆匆把蜡烛的泪和李商隐的诗
塞进我欲罢不能的相思

我知道月光会走的,不像我
确定的事就再也不能更改
就像梦中那朵梅,与她牵了手

就决定一生一世不能分离

天上的月亮,眼前的蜡烛
心里那盏灯,彼此交相辉映
仿佛在说我心里想说的那句
真情彼此照耀的深刻意义

# 爱在月河

徐玲芬

## 一

千年运河,从远古走来
流经嘉兴城北的时候
其水弯曲,抱城如月
脉脉含情,顾盼生辉
于是,有了月河这个好听的名字
月河,成了一个有故事的地方
种种浪漫,便在此一一上演
月河,如一位披着神秘面纱的美丽女子
牵动着一颗颗多情的心
爱在月河,有了理由
爱就在身边,诗不必去远方

## 二

月河是水做的
无论春夏与秋冬
无论清晨与黄昏
月河,总把水灵灵的一面

留给我们去赞美、去欣赏
水边的亭台楼阁
水中的倒影清波
互相映衬，互相诉说
心事比水还长，故事如夜色阑珊
风起河上，层层涟漪
掀动心底的秘密
爱在月河，就在这盈盈一水间

三

月河很深，深到远古
月河，是水乡嘉兴的根
见证这个小城的成长与美好
寻根，寻找爱的真谛
这里，小桥流水，粉墙黛瓦
青砖石桥，古街旧弄
这里，河水环抱，一河一街
水在城中，城在水中
如此水城交融
便是水城嘉兴的真实倒影
历史在这里再现，岁月在这里停留
远离现实的喧嚣，又有世俗的欢喜
爱在月河，便有了深度
有了底气，有了内涵

## 四

月河是圆的,如天上明媚的月亮
书写万家团圆的所有期待
多少次,远方的游子
从这里启程,又从这里归来
站在河边望你
如回到旧时江南,那是我的外婆家
漫步河边,倾听远处的市声
蒲鞋弄口,便民桥下
"镗镗船"由远而近,由近而远
爱在月河,从容打量
历史的过往,曾经的热闹与繁华
一行热泪,落在河里
随河水轻轻流过,岁月静好

## 五

多少次,我在月河街头徜徉
"踏月唱歌何处好,阿侬家住月濠西"
荷花桥畔,杨柳岸边
庭院深深深几许
范家大粽子,朱家最乐亭
吴氏钟爱的怡园茶馆
或已远去无痕
月河的人文气息,仍在延续
苏州评弹,时尚酒吧

相得益彰,传统与时尚
让月河,重出江湖
藏在月河,吃在月河
爱在月河
从来不会让你空手而归

# 月河六问

杨胜应

## 一 问

是不是玉皇大帝动了凡心,因为
不爱皇天爱厚土,方才让银河
在地上留下了投影

是不是月老奉旨出了天庭
为了成全人间更多相爱的人
方才给这些阴影取了好听的名字

## 二 问

为何运河要拐来拐去的流
出城西,还要再东流十八里
经学绣塔、白龙潭,再绕城下
方才与秀水合一

为何月河与秀水合一之前
会在南湖留下抱城如月的成语
它是不是动了什么小心思
想大浪淘沙,只为找到真金

## 三　问

是不是王母娘娘发现了什么
方才在天上放养了一枚月亮
圆圆的月亮是在岗的时候
弯弯的月亮是打盹的时候

是不是嫦娥研究出了新的仙法
用瞒天过海之术，把天上的月亮
藏到了月河当中，由此催生了
相看两不厌之词

## 四　问

为何月河两岸要有渡口
把缆绳往高处拴，把衣服往低处洗
让捣衣声晃动着船影

为何月河中要有船只
用竹篙乘船水路慢开，怀抱琵琶清唱
让《打链枷》从四面小巷走来

## 五　问

是不是我做回牛郎的前世
月河就会风平浪静，还我一个
闭月羞花，沉鱼落雁的你

是不是你放弃织女的身份
月河就可以暗度陈仓，让我
和你喜结连理，同船共渡

## 六　问

为何一年三百六十五天
只有一个七月七，是不是因为
只选择一瓢独饮，感动了
上天，方才开了最后的一扇窄门

为何时间那么多
命那么短那么苦，是不是磨难越多
方才心智修炼成型，以至于
两个人可以一起羽化飞升

# 月光来信(组诗)

杜文瑜

## 月光来信

江南清丽之地。新月照着梁祝的化蝶之恋
圆月照着许白的人妖之恋
月亮照着嘉兴的七夕之恋、月河之恋
每次月光来信,我都左一句右一句读了三遍
然后交给她读了三遍
完全忘了
爱情是由月光做成的,像月河
有一个美丽的弧形

月河啊,我们也是从城西而来
她从学绣塔来,我从白龙潭来
你从人间穿过,在饥渴的灵魂里
划出一道鸿沟
在城下,你改变直行,我们刚好看得见
小城妩媚,我们刚好看得见
桂花香似故人来
我刚好看得见

月河啊,你抱城如月,是什么造型?
嘉兴啊,有一条更大的河,让我们模仿
相思的男女,这低矮的人世

唯有情

唯有抱头,才能相认
树上的尺蠖也加入弯曲的队伍
这自然而然的选择,无一物不生动

还有更大的灵感来自传说
这月光的来信无时不透露
人们在人间建造的桥和天上的鹊桥
是绕不开约会定律的
我在桥的这边,你在桥的那边
我们牵住手,就会有种子落在脚下
我们在人间走过一遭,就会有爱情的经典
传遍千里之外

## 月河剥开我们的身体

一生中,我们趟过的河流仅此一条
这种情景时常浮现在嘉兴的脑颅沟中
月河清且涟漪
这废弃的一段古运河,却时常响起
爱情的轰鸣

我们一生都在探这条河
弯腰、探脚、转身、牵手、相拥
月河剥开我们的身体

我们站在河道中央,左顾右盼
摸一摸水中的骨头
那一段青春的浪声早已喧哗走过

岁月宁静下来
人生如鞋子一样扔上对岸。
上游的浪花刚刚开过,下游就成了漩涡
不紧不慢地旋转着
也有过晕眩,但晕眩之后,诗潮如一阵细雨
落满蓝桥

月河剥开我们的身体
有时候看见水中的两颗灵魂
和陆地上的一样
相互提携,如影随形
哦,我们将从一张纸上,走向铂金,走向钻石

月河剥开我们的身体
如同剥开一枚粽子的喜悦
我们深陷其中
如同法海坐进蟹壳里
黄金填入佛肚里
烟雨漫进烟雨楼中……

## 去月河

天上银河,地上月河
那个晚上,我们从家里出门的时候

银河已站在高处
即将投身人间

我们向嘉兴走去
我们向月河走去
你的叫声比银子好听
你的心声带来了人间的清澈

河水辽阔,除了月河
可你我再也无须多余的水珠
供我们啜饮
世间狭长,可你我再也无须
任何梦的方舟,供我们渡劫

想你千里迢迢来找我
携带,来看我的愿望
这多美!在鹊鸟四散时,你记起我
一些死去的事物,纷纷睁开眼睛

我是谁?可我那么小
就成熟了,我喂过你情书和水
用电话摸过你的心跳
撒下迷魂药

你是谁?江南柳树里一米新绿
杏花里的一点火种
因为些许的爱,患有偏执症
为了遇见我,你一次次往春深处走

用手指说话，用心问路

一样深，一样浅。银河有爱
月河有情
一样死，百样生。银河落在人间
就成了爱河
这无人管束、无人过问的夜晚
亲，我们该以怎样的齐眉举案，在月河对饮？

## 爱情简史

嘉兴，先有你，才有我
先有月河，才有我的血管
先有杭嘉湖平原，才有我的肌肉
先有《朱生豪情书》，才触动了我爱的神经

月河给了我，幸福的湿地
让我一下子就拥有了那么多眼泪、那么多情感
学院给了我，幸福的高地
让我爱上了《莎士比亚》
从此爱上了朱生豪

你是文学院的，我也是文学院的
我们同时也爱上了朱生豪情书
爱上嘉兴市南湖区禾兴南路73号
我在你的梦中：
我是你的朱生豪
你在我的诗中：

你是我的宋清如

在嘉兴,在月河
多少故事,开始改写
我用大手递来的问候
你用纤纤细手捧来的思念
在世间,因其真实
而生出热恋之心

始终有一个人,在心灵附近
你是煎熬,你是等待
你是灰尘的吸附,你是精神的支撑
我跪在你散乱的发丛中
用心血,用力气,用昏迷前的一声轻唤
"我愿意舍弃一切,以想念你终此一生。"

## 七夕·月河

那是七月最美的一天。此时夜幕微合
往前走吧,月河引路

今夜没有鸟鸣,所有的鸟都去天上
搭鹊桥去了
银河滴落的消息,被月河接住

无数个七夕是一个七夕,那么
挽住爱人的手,放慢脚步地走
心里的好天气

情深深,月朦胧

我迈着至死不渝的脚步
你捧着一颗至死不悔的心
看月老一样的月亮下到河里

有时一颗流星划过眼际
像一个纯美的幻觉
你依旧没有挣脱我

往前走吧,缘着白天的惯性
今夜月河擦亮心空
我们再次坚信坚贞、美好的爱情如良宵

# 月河,我将微笑捻出丝线绕在手指上(组诗)

## 一 笑

### 序 诗

想用一生的爱把自己的世界缩小
缩小成这个一千年前的运河老城
缩小成月河边一座暗旧的老门楼
青灯下徐徐溢出环抱月亮的秀水
把明清世界的爱情重新捡拾出来

### 月河的云

你是柔软的绸缎,划过我的心房
你拥有一朵云的灵魂,或者你就是一朵云
无论四季

当黑暗举过头顶,瘦腰的月亮
映照在月河上,你的云朵里灵魂的爱
把我丰盈的嘴唇贴紧你的脸
流水的日子,我像梯子一样倾斜

屋顶上有无限眷恋的空悠岁月

然后到达预期的赞美：闪亮，莹白
被馈赠和指引的黄昏
又回到这里，完成自身

我渴望雪，渴望雪被阳光擦亮
为你写上我一生的情书
无论四季

## 月河的水

在秀秀的水之上
我念起你的名字如清冷的晨梦
当风吹过廊棚，水是你的情话
我有多久没有仔细端详你
眉弯弯，水盈盈
你的身体藏着我的月亮
我们深深环抱相拥
水一样的我们交缠地爱着
而我是这样青翠，透明
在过往的年月里我曾想：
我们涌入在何处？
我代替人世的春秋
站在星空下洗礼和简爱
是否归去，是否皆晚
水缓缓的
爱也缓缓的
七夕将至，我将至
爱的河流将至

我知道:慢慢地回去永远不晚

## 月河的桥

站在北丽桥上,雾未散开
一个背影正等候早晨的相逢
相见是一种"圆月"
当我靠近桥身,想问问君
你明明皓皓,苍苍茫茫
是要去向哪里?
我期待你能恰到好处地转身
然后携我同样驻足,静立且安详
四季中,这里足够让人留恋
而在上游,河水蜿蜒
这座北丽桥美丽而古老
多少次,我们曾迷离,芬芳
走在类似的桥上
细数不老的惆怅,和悠远的明亮
亲爱,请转身吧
数到三,请过来拥抱我
开在雪一样的冬季里,一座桥上罗列的爱情
在慈爱的光芒中有深浓的眷恋
我低头,正朝你走去

## 月河的坛弄

牵我手吧,没错
把我手放在你的手下紧紧握住

不要放。天空深悬,青砖明丽
此刻它紧挨着苍穹,紧挨着我的颜色
悬挂而下的深情的光亮
闪烁着柏拉图式的爱情
有多少次,我是个待嫁的姑娘
在院门前的芭蕉树下微弱地瞻望
望着走南闯北的蓝天正寂静、寻觅、高远
现在,为此想念。我拥有极少的阅历
总是背对着高处,面向低处的花草和尘埃
我看见坛弄的草枝正发着小小微弱的光
无论风雨飘摇或晃动
无声或熄灭。柔软的心踏着柔软的脚步
我深情而又无悔地任自己柔软下去
亲爱,你在何处等我
这个转角不够那就换一个转角
牵起我的手,柔软地走下去
直至成为——柔软本身

## 月河的你

月河的你,是个极好的人
见你一面是件极期待的事
知你心里装着对我的爱
便会甜蜜地想笑

月河的你,是个极好的人
看你认真专注是件极幸福的事
知你眼里锁着认真看你的人

便会快乐地想笑

月河的你，是个极好的人
能把你完整地约过来
一起看星，看月，看雨，看雾
便会满足地想笑

月河的你，是个极好的人
能把你的手放到我的手上
与岁月同牵，与苍老同眠
便会温暖地想笑

月河的你，是个极好的人
这才使我
在睡前想你多遍才肯罢休
也使我
在每天每刻静下来
念起你会心一笑

阳光极好，花开极好
月河晚景极好
等候极好
你极好

## 尾　诗

说好了，我等你
无论时光如何变迁

我和我的影子都坚信
事物原本惊喜又惊扰
正如爱情来袭

# 月河，在尘世里坚守爱与柔情

刘向民

题记：月出皎兮，佼人僚兮。舒窈纠兮，劳心悄兮。

——《诗经·陈风·月出》

一

河水弯曲，抱城如月。月光照耀，月河在流淌。

月河不是传说，是一条河，也不只是一个词语，是汤汤的情怀。沿着流水的方向，古街深巷迂回曲折，哝哝的曲调深深浅浅，情意绵绵，没有任何悲伤。

古桥。狭弄。老屋。石板路。细雨纷纷，是谁举着精致的雨伞款款行走？妖娆的身姿，如一阵风，弥漫着清爽的幽香。

花朵簇拥，鲜艳的红，金色的蕊，一群群蜜蜂萦绕着，甜蜜悠长，酝酿着不朽的爱。

柔软的柳条垂向河水，倒影漫向河水深处，连接着天与地，爱的前生与今世始终轰轰烈烈。

水鸟掠过月河，低低高高的鸣叫，啾啾，撩起平平仄仄的韵味，理顺着水流，让爱与被爱成为火热的图腾。

披星戴月，我匆匆赶往月河，在七夕，寻找梦中的人，追寻一场心中的爱。

## 二

翘檐挑起，灯火风雅，细声细语的风摇响风铃，清脆，清爽，每一刻都情真意切。

河水袅袅，绿苔贴着河底和堤岸蔓延，情致绵绵，悠长，一直到地老天荒。鱼在游，虾在戏，与水交融，搅动一河情愫，兴起一波又一波水纹，细细的，温馨如沁。

月河在天地间荡漾，一丛丛荷连连，翡翠如玉，一颗颗水珠滚在宽阔叶上，晶莹闪亮。

没有寂寞，也没有忧郁，风穿过河道，铺展在河面上，抚平伤痛，将一腔痴情融进时光，相思无尽，从心底倾诉衷肠。

一个人站在月河边，等待有情人，远远的，脚步逐渐而近，声音逐渐清晰、动听。这是许久的约定。

## 三

春天的月河，平静，清灵灵，沿着春天的路径，渐渐温暖，一尾尾鱼开始跃动，吐出一串串水泡，似乎是天真的少女向往着明亮的情愫。

夏天的月河，怀揣火焰，蒹葭苍苍，与一朵朵盛开的荷花，共同举起热烈的挚情，延续着《诗经》的韵味。

秋天的月河，波光粼粼，莲蓬摇曳，沉甸甸地表达着内心的真诚，夕阳为月河镀上一层厚厚的金质，洋溢着成熟的理想。

冬天的月河，沉静，一切都不再掩饰，亮出一河的坦然，紧扣住自己的命脉，步韵着季节，伸开双臂，凝聚质朴的品质。

岁月编织着一条河的风花雪月，热情，思念，坚贞，爱人啊，爱人啊，河水一直流进身体里，与血脉一起跳动，深入灵魂深处。

与月河相守,与季节相守,静静等候曾经的相约,无论等多久,都要坚持下去,等的久了,心生花朵,从心底冉冉散发着馨香。

## 四

七夕,上弦月弯弯,月光明亮,虫鸣四起,月老在上,以一根鲜红的线,让有情人成为眷属。

一匹马驰骋,马蹄得得,溅起一河水花和一河期待,踏碎不安,让多情人以辽阔的胸怀收拢一腔激情。

月河明澈,濯清人间悲欢,盛下满天星辰,延长祖先爱的夙愿和对爱不懈的追求,让尘世情意绵绵。

这是我的宿命吗?在这美妙的时刻,与许多人一样,在月河,与爱相遇,与情相知,与爱人挽臂,走在斑斓的轻风里,许下长长的祝愿。

月河恬静,潋滟,柔情连连,水在低吟,水是快意的,水做的风骨,水润的灵魂,在湿漉漉的胸腔里激烈跳动,扬起一首轻盈的歌谣,是爱的,是甜的,甜的让人心里发颤,激动不已。

月河潺潺,渴望一点点渗入真实,泛滥着真情。抛开纷乱的思绪,压抑无端的骚动,生命的翅膀飞翔,蓬勃着爱的絮语,今生今世的约定,誓言铮铮,猛烈燃烧柔情,一千年一万年的坚守,放牧着一河爱和爱情,抵达如歌的幸福。

# 月河辞(组诗)

刘 巧

## 一条被爱情命名的河

爱在这里找到了"天长",情在这里
觅到了"地久",至于海誓和山盟,用手
掬起一捧月河水,迎着月光,挥洒
就能够听见,一滴一滴,水做的情话

石板路上,两个人的脚印藏着
《诗经》里的纯情与告白,唐诗和宋词
把舌尖上的语言,磨亮
一条被爱情命名的河,怀揣着月光与流水
贴近心房,用汉字的温度
温暖一个相信明天的女子,忧伤而甜蜜

我总是,把一朵花看成一个女子的低眉
总是把一缕风,想象成一个少年的问候
总是痴心地想,月河是多么值得信赖的一条爱情之河
他的手牵着我的手
我们接受着时光的教育
把值得爱的和不值得爱的,统统温习了一遍

## 月河辞

这不是水,是流动的月光
这不是月光,是铺满水面的情话
这也不是情话,是心尖上的叹息,是蜜
是绿满江南的虫鸣和鸟鸣

不要说了,我就是喜欢这面铜镜
就是喜欢镜子里,真实的自己
爱情,被诗词歌颂的太多了
涂脂抹粉也好,素颜朝天也罢
我就是想在镜子里,看一看
谁会将我眼角的一滴泪,轻轻吹去

我举起了野花做的酒杯
那里,盛放着昨夜的星光与甘露
我要与唐朝来的诗人
相互碰杯,喝完最后一杯酒
然后一起去月河,看流水如何诠释爱情

## 与月河深情晤谈

都说女人是水做的,那我,血液里
有没有月河的水,在流动?
我在月河边漫步,是否就是行走的水
在寻找自己生命的源头?

有月光的夜晚,我会独自一人来到月河
起舞也好,吟诵也罢
把一个女子心中暗藏的美
一寸一寸,还给江南的诗意
或者,在静谧中,完成自己的轮回
成为与月光交织的星光

月河水旁有知己,折一根柳枝
搅动那爱情之水
时光把我浓缩成一道月影
像埋藏的女儿红,甘洌、醇香、孤独成诗

## 遥想那时月河

有车声、马声,打更人敲着锣
嗓子里有平安,熟悉的人见面,道一声:好!
有黄酒、粽子,粮食金贵
爱情朴素的就是个平平淡淡的日子

也有公子哥和大家闺秀
有书生和唱戏的戏子,免不了
在诗书册页上,吟咏一唱三叹的情感经历
那时月河,就这么流淌着
收藏一些痴心人的眼泪,默默抚慰

我每翻阅一次唐诗,每记诵一次宋词
必想到那些秋风中的寒冷
想到江南信笺里的惦念和遗梦

月河的水啊,就这么流啊流,把一个人的相思
像信纸,轻轻地折进思念

那时月河,外婆还未老去
母亲正年轻,多美的一朵花啊
就是放在《诗经》里,也能散发出
素朴而又淡雅的香……

# 月河恋歌不老时(组诗)

英 伦

## 爱的浓度

爱是一条河流奔涌不息的源泉
特别是当她爱上一座城的时候
月河抱城如月,嘉兴揽月如妻
锦瑟五十弦,弦弦奏出的都是曲水流觞的日子

时光总是先于流水到达河流
到达月河时,爱的浓度已高于尘世
月河不再倚持金盆洗手银盆濯足的命相
甘愿安贫若素,雪篷云棹,俗世过活

爱情总是迟于时光抵达尘世
抵达月河时,时光已老,爱情簇新
月老依旧坐于月河石阶,倚囊月下检书
他的囊中有永远抽不尽的红丝绳
他的书里有成千上万等他拴足的好姻缘
把月河和嘉兴拴在一起,即是绝配

新鲜的月光总是先落在城外

落在学绣塔时,嘉兴的脸又白了许多
浪漫的爱情总发生在河之洲水之湄
发生在月河时,必是千古绝唱,彼此独宠

## 爱,用葳蕤和澄澈说出

上帝赋予她一个蕴含美好寓意的名字
她惟用葳蕤和澄澈说出爱的初衷

月河的岸再蜿蜒,也都经过上帝的指引和神的打探
像一位即将临盆的妇人,摇曳着丰乳肥臀
每一处都不陡峭,每一步都优雅安稳
河再窄,也能放下我双臂的长桨——
像锋利的刀子,把一生的爱
温柔地刻在
你的心上

月河仿佛是从天空倾泻而来
冲刷我干裂的爱的河床
在空中滋养我的骨头
在水中漂染我的血液
让我的每一天,都丰沛,跌宕,温情四溢

七月的月河水草丰美,蛙鸣如鼓
恰如我的牛低头吃草的节奏
又像你分娩后的乳,让天界诸神多了嫉妒的理由

七月喜鹊的催促简短有力

葡萄架的阴影拉长了我与你的距离
无论下不下雨，我都要上路
担着我们的儿女，和你最爱吃的嘉兴粽子，文虎酱鸭，姑嫂饼
还有一块比天空还蓝的蓝印花布
弯弯的月河，是我柔软的扁担
爱是我越用越多的力气

## 黄昏，月河舒缓柔美

此刻，我最愿意坐在岸边想你
幸福得心痛

我必须用两道眼眶的大堤拦住汹涌
泪也是水啊，哪怕一滴，也能把一件往事拯救
恍惚中你的目光像两片春天的香樟叶子
恰好用生长来测试我的耐心
又像两只温驯的小兔
在我们播下的麦垄里跳跃追逐，露出一丝
只有我才能察觉的恐惧和留恋
奥，月河，这是夏天，还不到你被迫离开的时候
夏天的风善良，它会帮着把大门关上
说是等秋天来了，让我们一起过富裕的日子
夏天的雨慷慨，即使累得大声咳嗽，也要
下满让我们把果园和菜地浇透的坑塘
夏天的太阳勤劳，它起早贪黑地奔跑
说是要为我们，去暖化月亮冰冷的心肠
夏天的草最善解人意，你无意掐断任何一株

在我心里汩汩淌出的都是
相同的绿汁

## 大　风

大风持十万把凛冽的刀子，月河啊
我只用两岸——我的前胸后背为你作盾

都在摇动。树木，星辰，大地……
只有我和你除外
请允许我用双唇的鳞片，擦燃你的左耳和右耳——
你的良善和澄澈。这样你会暖和一些
放心吧，月河！我不会让这小小的火苗
借风势引燃你的周身，就像我紧紧拥抱着你，又不会
太过用力一样，我怕我的双手瞬间嫁接进你的身体
但也不会太轻，我知道大风刮不走你
可我怕一松手，大风就不刮了

我和大风没有深交

## 爱过之后

身体和话语就都柔和下来
此时宜敛汗补水，用温婉的语言谈论爱情

最好是无性但比柏拉图低俗一点的那种
比如看飞蛾扑火，领略那瞬间的崇高和盲目
比如轻吻一下后背，这从不轻易触碰的地方

比如怎样用梦的波浪和结实的枕头
与世俗和天律抗争

想象这是在深夜的前额
谈话缓冲了彼此急促的呼吸和心跳
"爱是在爱了以后才真正开始！"
这句话等阳光洒满月河再说，好像更为合适

## 蓝色之爱

用一种植物比喻爱情是庸俗的
但如果用到蓼蓝草呢，她又生于月河？

用蓝色的血晕染禾城
用细长的叶子束紧丰满
用茂盛的构图装扮四季的水湄
用一池靛蓝一张竹宣呈现神谕
蓼蓝草，你这以爱抵命的江南女子
心藏妖娆，以水滋阴，一头扑进月河的怀里
刻骨的惦念和心痛
至死不说

秋天蓼蓝结子，箫声隐隐
学绣塔裹紧古典的身子
我为采撷一个古老的成语而来，并遵守最初的诺言：
永远爱你不言自喻的崇高和卑微
爱你在月河里水洗千遍的身子，和蓝

## 一株水草

世间有多少种物象,就有多少种爱情
冥冥中我断定,属于我的必生于月河

那是一叶舟吗,载嘉禾也载相思
载灵魂也载肉体,你轻唤一声
就悄然划进你的眼眸?
那是一尾鱼吗,青鲫或红鲤
像黎明早起下地的我,拍打着水面把你叫醒?
那是一截白莲藕吗,沉在再深的泥里
也要把你的美丽托起,只等秋后
使劲喊出那表白的一声?
那是一羽水鸟吗,栖在暗处为你值夜
飞起来必盘旋在你的天窗?
那是一株水草啊,月河!
从春到夏,因你的爱而生而死
从冬到春,因爱你而枯而荣

## 尾　声

永远占据着我的,才是我真正的所爱
我所热爱的,我甘愿最终被她淹没

啊,月河!在你葳蕤澄澈的柔波里
我愿沉溺成瘾,拒绝搭救!

# 月河诗经（组诗）

## 瘦石别园

### 一

一千场烟雨，翠绿月河的眉心
一万首唐诗宋词，推揉爱的主题

一个人的名字，让折扇唇齿生香
一颗心的等待，被爱河千年捧读

红伞倾城，踏月桥等了一百年
我在月河的扉页，深情以待

### 二

在月河写诗，一个等字自会绿肥红瘦
在月河等待，一行诗也自带水的恩光
湿漉漉的模样，让晓风残月也有了古老之意

渡口，码头，中基路
装帧着流畅的一波三折
雕花窗，月老庙，老槐树

在月明风清的诗行中蛰伏,祈祷
最悱恻的一句留白
惊着了一船月亮

## 三

我就是那个轻唤你的人啊
在水砌的月河
在粉墙黛瓦的月河
在咿咿呀呀的月河
斑驳的,都是一条爱河豢养的沦陷

亲爱的,你现在哪里
是否要等誓言压弯一床流水
是否要等承诺紧扣三尺清澈
你才为我婉约成一枚艳词
或者,干脆要等到七夕
才与我一起填一阕春江花月夜,醉翻踮起脚尖的吴语

## 四

亲爱的,为了你
我已动用了月河所有的波澜
每一朵浪花都是盛开的心语
汹涌的,是一轮圆月勾勒的一唱三叹
澎湃的,是一条爱河抒写的绚丽诗篇

亲爱的,如果你还不来

月河所有的美好都是浪费
尽管古镇漫溢着千年的典雅与芬芳
尽管良辰美景成群结队
尽管许多风尘仆仆的人,都愿意与她虚度时光

## 五

诗词压舟,懂爱的月河
容得下我的一桨清丽,一桨婉约,一桨豪放
许水鸟嬉戏,任蝴蝶竟渡
一声欸乃就是一朵凝香

在月河,我没有被一眼千年的水墨招安
只有你探出画屏的琴声
令我不得不闻香识路,结水记事
直到惊起鸳鸯无数

是的,没有你的月河
我将如何收拾纸上江山
我又将怎样让诗的结局,高潮迭起

## 六

盼望你的到来
我愿用尽湛蓝的修辞,辽阔的悲悯,绝版的浪漫
以及仅剩的
青春,年少

我始终相信

月河是古典主义的爱河,是现代爱情的原乡

每一滴涟漪,都能复印你斜成插图的安静

每一湾澄明,都会私带你明艳妩媚的笑靥

烟雨苍茫也罢,柳色迷离也罢

留给乌篷且吟且停的

永远是你无法描摹的端庄与高贵

## 七

春风有德,一汪碧波荡开十万爱恋

在爱情故里苦苦等待的人,终能被月河垂怜

如果说我是月河边最幸福的人

不如说,你是爱河恩赐给我的惊天诗篇

此刻,春色束腰是一个旖旎的动词

你穿着月河的赋比兴

把爱河的一身窈窕,赶进了我内心悠扬的竹笛

你到的时候

月河藏在一笔没骨里

我顾盼的姿势,也被定格成了一行著名的绿

## 八

亲爱的,谢谢你

如果没有你,我将怎样面对波光粼粼的风雅颂

怎么把持抽刀断水水更流得千古肆意

又怎样把一碗琵琶雨,喝成一首脆生生的诗

那就请许我以一首诗作聘礼
在月光蓬松的今夜,定下我们的终身
不再提以往望眼欲穿的心痛
不再说成吨成吨的孤寂落寞
恳请微醺的月亮,替我们说出:
一个人的月河,如同春天的病句
两个人的月河,才是永恒的诗经

之后,一起大笑
之后,一起入诗

# 月河是我宁静的嘴唇（外四首）

## 西杨庄

月河是我宁静的嘴唇，片刻的宁静
引深一片白色的黎明，那翅膀
在靠近嘉兴南湖的地方颤动
我发一队骑兵去赶赴现场找翅膀
感觉牙齿对唇的爱是无法宁静的疼痛

切下一瓣月河的唇吧，原来竟是一轮月亮
在我跌碎的月色上飞翔，我用诗歌的柔情
不能控制她的呐喊，在她的红唇上
长出一枚月亮，贴在她无人敢去问津的禁区
找到稀有的津液，润湿上弦月下弦月的和声

我的唇啊我宁静的唇，紧贴我的心脏
穿过她丰腴的四肢用智慧进行她的高地建设
任素色时光，一路迤逦而来
经过青绿，经过湛蓝，轻轻吻住
玫瑰的颜色，沉香，就此搁浅

月河是我宁静的嘴唇，轻轻地把爱种在
最深处，听一曲水的和弦。飘香的倒影

落入时光的素笺,依稀,携一帧春色
悄然归隐,而舌尖堆砌的那些想念的字符
透明成窗前的花落花开,悄悄潜入梦境

### 我是月河里一条等爱的鱼

淙淙的流水失散于虚无,月河
今夜,枕着你的名字入眠
我就是传说中那条等爱的鱼
你怀揣一腔柔情的火苗,让我
在大雪纷飞的时候忘记孤独忘记忧伤
忘记所有的痛,让我不再寒冷不再落寞

让我在纷杂喧嚣的红尘扯开嘶的歌喉,月河
今天,为你唱一首完整的歌
我就是神话故事里那条虔诚等爱的鱼
流浪,漂泊,独行,在你的世界
只为,等你

月河,你水做的双眸一忽闪,我的心
再不肯放下
月河,我真的是那一条等爱的鱼
你就是我家的唯一方向,如果你收留了我
即便让我在你的鱼缸游弋,我也会让你知道
什么叫亲密无间的忠贞不渝的地老天荒

月河,我并孤独而虚无的存在
我只是那一条等爱的鱼,虔诚地
等待你的召唤

## 月河是一把爱情钥匙

广寒宫的大门已经关闭,月老把一弯月色
遗忘在这里了,好在那把门锁
只有这唯一的一把钥匙,静静地卧在水之湄
月河啊,你却不敢推门,甚至不敢解锁
门上的枢纽,害怕陷入爱情迷局
害怕陷入心形陷阱,害怕一颗如诗爱心
也会遗忘

那就大胆向月老借那一根姻缘红线吧
那就托出我吧,虽然我只是你河床上的一粒沙砾
出水,你化身芙蓉,我氧化成你根须底下的
那粒尘埃,深埋生命,血脉相连
我就在那个缠缠绕绕的怀抱里缠绵
即使遗忘,你仍是我的月河

我会借用江南无尽丝绸去润泽你的肌肤
你可以随手拔下钥匙插入河心,搅动
万道波纹蓬松着你长发的波澜
为了看清你的容颜,月河啊,我闻着芬芳
避开了月老的视线,跋涉着无限远
所以,这一刻,我来了。这一生
我爱了,你随意

## 在月河漂流一生

随波逐流的,仅仅是浪漫的心情

在月河，在爱情之河，激情与缠绵
注定不可避免。两颗心连在一起
就是一条爱河。碧水湛蓝
爱情之舟已疾如箭矢

弯月之外，灵魂之戟已亮出呐喊
是谁，在梦幻之日，任一河的哲思溅满身
是谁，又在如画之景，将爱的诗意诠释一尽
这是命中注定，我将紧紧缠绕着一条河
在河中漂流一生

你是一条大气磅礴的河，月河，你是一条
纤弱丝纱的河，穿越梦幻与现实
在灵魂与肉体之上，在你燃烧的期许
与永远的缄默之中。一滴水，就可以穿越
爱情的想象，抑或轻轻湮灭

而我啊，我愿意乘一叶扁舟，穿越生死的轮回
只为你历经漂流，捞回你不小心丢在河心的倩影
轻轻地靠在月亮上面，漾万顷月光
舞动你优美的梦幻，与美人共浴月河
互为一天地

## 你的声音

从多年前的一次迷失开始，你的声音
在空灵中魔幻着乡音，乡情
如带着新鲜露水的石榴和茉莉
陷入我的诗册里，浸红香透了

所有的诗句,精灵成一声一声的叮叮咚咚
向往和攀缘,那般曼妙

终于,时间被你的声音编排
成为我生命中最美的秩序,你漩出一个涡
月河,就开始了思念;你漩出
另外一个涡,月老就丢失了记忆
像五月的樱桃,六月的草莓
红润润,泽被你的声音

如今,叮咚纹满了皱褶
月河啊,你的声音依然空灵成我梦中的呓语
给痴呆了的时光许许多多水的滋润和慰问
就像岸边的那一对情侣,相拥
相伴着走路,偶尔也挂一抹嫣红
盈满眼眸!一抹羞涩的招呼中,醉了
慌慌出来的月亮,或星星

那一声天籁之音啊,也在一瞬间
融化出了返老还童的特殊养分,入耳
即生成你的名字,就着你的声音
我不得不一再痛饮,一再
失声

# 月河,嵌在春花秋月里的一种疼

金梦梦

一

春风添了几笔相思　晕染在与你离别的渡口
渡口嘴里的水含着芦苇的春天
提笔又落笔,笔锋间滂沱一场烽火
我闭上眼睛,由远及近,勾勒江南一场六月的雨
初开的桃花依偎在月河的胸口,颔首间谢了几抹嫣红
月河的眉眼里悬浮着明月,星辰和故乡
每一次的流淌,冰冻,歇着我的三寸心跳
夜莺衔来一小捆歌声,驻扎在窗外
熟稔的炉火熬煮着整个冬季的故事
我遇见你,是每一片雪花不曾遇见的春天

二

每一种腐朽都镌刻着春去秋来的宿命
在落花的时节,不必用晦涩的词语修饰你
仅用阳光似的诗句轻柔地洒落在你的身上
你的衣袖沾满初春的温暖
笑容也被沸腾,推着春风,解开北方冬季不愿离去的执念

此时此刻，月河为素未谋面的人写下邂逅的话本
我祈愿月老剪下一段不长不短的红线
牵引我们两个人度过一生

## 三

我贪恋月河的鲜艳，取一瓢我望向你时眼里的水
写一行流水，渡行人，渡轻舟，渡春风十里
隔着几万里的山川江海，呢喃你的名字
你寄给我的梦，牵动着江南雨季的脉络
我凭着一纸春色，记起你的模样
记起星辰从你眼睛里盛开，溢满山川，江河和我的心里
每一寸土地仅凭你的呼吸存活
泛舟南湖，船桨拨动着湖水喑哑的声音
打捞起一盏盏横卧着的灯火
朝阳和晚霞同时坠落在月河的一篇诗章里
激起一圈圈涟漪，像极了我想你时的心绪
秋天用湿的手掌，拉扯与春天脱臼的胳膊
惹得疼痛从水底渗入我的关节
一种有颜色的疼去而复返，郁结霜降，药石不灵

## 四

在月河畔，我会为你修一间屋子
收一袖烟雨晾成甘霖
拾一些落花酿成芳华
天晴时，将丰收的颗粒撒在田野的腹部
春去秋来，翻涌成一片金黄色的诗

麦子和麦子挤在一起燃烧，试探着拥抱的温度
我凿开年轮里流淌的霜雪　取出你的俊俏
种在宣纸上，用笔墨吻开你的前世今生
从此你的名字在我的国度里住下，日出而作，日落而息

## 五

从四季里取出一节梅雨，用江南的雨巷锻造一炉词
我可做一朵凋零的花，肉体和泥土，潮湿结合在一起
看见每一种风景在骤雨后舔舐裂开的部首，从骨骼到大地开始愈合，结痂
触摸瑟瑟的风，有战栗的鲜活，有花瓣从肉体剥落的疼
请让我去见你，我会带着晨曦和雨露来到你的面前
采集最美的花朵装饰我的面孔
换上一袭盎然的春色，衔着两三枝春意
在你的庭院里落地生根一个春天

## 六

将我的笑声揉进最近的一阵风里
让她穿过山川，流水，代替我去见你一面
你脸颊的胭脂，染红了我头顶的每一朵云霞
她们躲在黄昏里轻笑着摆手
盛开的嫣红，有花的模样，也有你的模样
暮色总是大张旗鼓地染指的屋子，让光明流离失所
村庄已经枯萎了几片屋檐
雨水划开铁轨的脸，露出锈迹斑斑的骨骼
我被时间裹挟着，跨越万千风景的旖旎

你刚好跌落在我的眼里,不偏不倚。
你说话的时候,我全世界的目光都向你倾斜
白昼和黑夜在你的眼睛里交汇,闪烁

## 七

秋色沿着唐诗宋词攀缘上我的咽喉
锁住我一生的熙攘
麻雀在诗里肆无忌惮地挑拣着日子的肥瘦
干瘪的谷壳里结着一段不会开花的爱情
路过村庄,看见春天热情地开出每一朵花
丈量着爱情的温差
梦与醒之间
你的脸如掠过树梢的季风
吹皱我与春天的弧度

## 八

沧海桑田抵不过相爱的厚度
离散的人被风浮起
用尽一切奔向聚合的可能
你本是溪流,流连在我眼里的深蓝
摘下你的名字,
栖息在我的姓名里
轻轻地拥着黑夜呼吸
今夜你化作一尾锦鲤,游入我的梦里
捕获一场汹涌澎湃的潮汐
独酌月色,醉倒在这一场月河的风花雪月里

# 月河心经：爱的漫游手记

陆 承

## 一 江南令：青春琴瑟舞

"奏乐——"
"舞——"

江南的律令，漫卷运河，漫卷一封尘封的信札，
写给隐秘的羞涩，
我目睹年少的我，在暗夜里辗转。

今夜的典籍里，爱和欲互文而生，
流水华彩了往事，
幕布垂怜了昆剧或海派文学。

我阅读张爱玲，阅读陌生或熟悉的词牌上，平仄添置的
桌椅、裙角。肚兜上，纹路清晰，手掌宽厚，
命运的棱角上，月河凭栏而立，
对我说，君子之爱，清冽而酣畅。

我阅读月河，阅读"色即是空"，
头顶的银河，

转述牛郎织女,撰述大地上寻常或热烈的物象。

我截取飞天之舞,我迎来霓裳之芳,
半面琴瑟隐喻了一生的执拗或淡若,
如果爱,请燃烧,
如果不爱,请等待燃烧。

## 二 七夕叹:箜篌宿墨引

谁的月河?
谁的归宿?

我辨析里外之分,我认知一条河的双重属性,
她源于江南,
她终将归于江南。

此时,江南是一个形容词,修饰喷薄的情愫,热烈的相拥,
或沉静的美,
无与伦比的华光,
浸润"鱼骨状"巷弄的肉身和灵魂。

我抬头,七夕月照着我,和虚构的红颜,
照着司马相如和卓文君,
照着外月河和里月河,
照着万物的热忱和眷恋。

她们是我们,我们也是她们,在天上和人间的两端,
观澜悲欢、离合,

书写钟情、徘徊。

箜篌之音，古典而辽阔，墨染了一条河的显像和隐喻，
刻度了两个人的心灵故园。

当我念及一条河，
她奔涌而至，
当我情至一个人，
她笑颜在侧。

## 三　澎湃曲：蝴蝶缠绵经

"梁兄——"
"祝妹——"

我虚构一条河的急湍，途经虚构的情节
和并未完全虚构的舞台，
途经月河心经的临摹和印章。

星河灿烂，月河缠绵，
我意蕴香艳和战栗，
爱和美的心尖上，有多少蜜蜂酿造生活的甜度，
又有多少蝴蝶翩然浪漫的底色。

我说：爱，
虚无之花开遍月河两岸，
我继续说爱，
虔诚之经诵读千里之外。

请让我完整地阐述月河心经的迷漫和深邃,
乌篷船的修辞里,
澎湃遁为涟漪,宽广循为宁雅,
激烈的呻吟,化为含混的天籁,
告诉众生,在一条河的履历里,此生耗尽了最后的希冀,
在一条河的羽翼上,
飞翔已不是飞翔本身,
而是在乌托邦的炫彩里,奢华了颜料和留恋,
在蝴蝶的简牍上,挥洒情致。

## 四 河流书:般若眷顾法

如果不是月河,
我将转身离去。

如果不是中基路,
我将般若了春秋。

在一条河的谱系里,我与之对饮、品茗,
述说月河的芬芳和沉默。

月色下,晚风拂过金鱼池,拂过月河埭,
拂过月河的过去和现在,
在通往未来的小径上,神秘主义的灯盏,
照亮了一颗心的褶皱和纯粹。

我顺遂了一条河流的流淌,时而奔涌,时而沉静,

生活的模式化里,
河流共鸣了车辙、窗棂或莫名的情愫。

我之所爱,在一条河的波纹里回旋,
我之所思,在一条河的封面、封底层叠了技法和气象。

那么,请让我成为月河的一份子,
或者,以月河之名,
杜撰一阕 2020 恋曲,我的爱人同志,
我的红粉佳人,
我的如月河般袅娜的沁心相拥。

## 五　花木篇:水墨凝脂画

石榴花开了,请转告香樟树,
玫瑰开了,请赠予我,
我将赋予我的钟情。

在一条河的清丽里,垂柳装饰了红豆,
谣曲策记了分离。

一条河,若为缎带,缠绕了柔软和情致,
修辞的典章,
复归了古雅的气韵。

我唤,娘子,
你应,相公,
呢哝之语,灌溉了多少昙花和露珠。美酒的臂膀上,

谁忧伤而歌,
谁慷慨而行。

在坛弄,你遇见我,遇见月河,
遇见一生的炽热,
星星之火,覆照内心的荒芜和期许。

在月河,花随着河流的方向绽放,
木顺着河流的浪涛生长,
我沿着河流的方向找到你。此时,月河就是佳偶,
以柔媚的姿态,
盈盈而立,什么也不说,宛若千言万语的陈词,
介入我的年轮和感怀。

## 六 漫游记:红唇手帕帖

"关关雎鸠——"
"十年相思两茫茫——"

我的双眼明丽,我的呼吸辽阔,
我的爱,
弥漫了月河的磅礴和宁静。

我该怎么撰述:一个月河般的女子,红唇晕染了一面手帕,
隐喻的密码
可以抵达情趣的殿堂。唯有你我,
唯有曼妙的身姿,唯有茶酒都不可言说的激荡和音色,
在晨曦和夜色的置换中

说出,爱,是大部分的庸常
和小部分的迥异,交织而成的锦绣,绚烂了
一条河,和一条河之外的物象。

在秀水兜,我们品鉴五芳斋粽子,
等日光倾斜,
等街灯闪烁,
即使等到时间停滞,而我们的爱却依然顺流而下,
抵达白发的誓约,
或逆流而上,
描摹年少的青丝。

# 月河,一枚小小的沧海桑田

## 苏 真

### 一

月河　是夜晚挂在天空一枚银色的锁链
在无数次虚拟的时空　豢养一个人对另一个人的千里共婵娟

举头望过以后　思念成疾
在云朵耕种半亩良田　两滴水珠　在月河的两侧
一侧写着地久　一侧镌刻天长

### 二

离上一次相见　时日太久
蒲草黄了又绿　一场雪　空无一人的深谷

繁花落尽　万物皆有毒素
为你写下思念　青色的苔藓　三杯浊酒
皆是寡言相望的孤城诀

## 三

"磨去你,覆盖你余生的山穷水尽"[①]
我是你的肋骨　你的浅云出岫　你的暮成雪

七月　蝉鸣夜月
谁人用一把火　涂抹潮汐里的别词
选择用第五种方式举头　浮云一别
把每一个日日夜夜　都当成相拥的一朝一暮

注:①选自诗人张敏华的诗

## 四

抱城如月　南湖的荷田下　白玉蒙尘
断桥边　等船的女子把春天的桃花绣成了鬓边的初雪

西窗剪烛　剪的剪不断的理还乱的情丝几许
东楼遥望　望到了望不断长亭短亭　一声轻叹
落花成蝶　在一汪破碎的镜中　衰鬓先斑

## 五

定风波　在一阕东风里破了三千里的花田
找一处僻静处　画出你的眉弯　桂花雨中
谁收到了一枚流星捎去的纸短情长　又是谁
用一曲牧笛做红线　与我写下星汉迢迢　如春水

——如猛兽　如军队　如风来　如三月之海
拍击着浪花　在荒原上堆起　一千堆　雪
光如旋风撞击　你与我的誓言　向着永远的川流不息

# 六

月河　绵延逶迤伸展开去
镜中的人　在水仙梳上挽起的发鬟
圆满而灿烂的旋转　一首诗每一句都写满孤寂　离愁

月河　已经受太阳照射之物
你可爱的身体到处是记忆的眼睛

深似长饮　柔软清润　若隐若现的月河啊
你的清辉　那么柔软地洒在我身上
比惦念更深的相思　陷入混沌　与秀水　合二为一

# 月河之恋（组诗）

彭俐辉

## 在晚中的月河

放逐无限事，
一整晚我们都在面对月河，
被河水洗净的手，
十指相扣，暖流互往。

空中弥漫着隐隐的烟霭，
一整晚的流水都波光粼粼，
前珠照后珠，
像我们阅读到的月色，
干净，清亮，不沾人间俗气。

共披一缕微风，
我们钦点眼前的高低，
一个频道上，几抹良辰美景，
时而看隐约的远山，
时而听水声咿呀。

星辰摇曳，荡起旷远的涟漪，

有一轮一直晃动不散,
像是在圈定这一个时刻,
那是一尾久违的鱼,
长久觊觎,不停翻卷的结果。

安宁在怀,月河不老,
我们逃离喧嚣,拥抱潺潺水色,
就是要灯火再不断肠,
从此冷暖相知。

碧水蒹葭,一河的爱恋。
今夜,我只想与伊人一起,
听取一片呢喃软语,
借月河半生,换得一世情浓。

## 月河街漫步

我相信,漫步月河街,
无论朝往哪个方向,
都会遇见铭心刻骨的爱情,
或鹊桥相会,或人妖情未了。

月河荡漾,古桥适合邂逅,
一个阑珊,一抹依偎,
抬头间,又是梁祝化蝶,
陆游与唐婉之恋。

小巷纵横交错,拒绝萧萧车马,

一温一婉里,
尽是没有修饰的烟雨,
酸甜的初恋味道。
一次相约,一个怦然心动的初吻。

流水,古树,小楼,
一张一弛都在弹拨心弦,
撩动情海鼓浪,
叫我去追忆似水年华里,
那一场场旷世绝恋。

总有花朵无故拦截,
送来惺惺惜惺惺的旋律,
惹得唏嘘连连,艳羡疯长。
在月河街,向往的方向,
就是通往爱情的方向。

一个人走,一个人的月河街,
走着走着,我就走到了爱情深处,
那里是幸福,厮守,琴瑟和鸣,
无怨无悔的天荒地老。

## 月光下的月河

低头,婉约,灵韵,
槐花般馨香,宋词式缠绵,
月光下的月河,
像我早年爱过的一个女子,

闾阎不惊，本分饱满。

呢喃碰击柔石，
纤巧抚过古典的琴弦，
一条河，一曲天籁，
我爱过的女子，影弄枝叶，
剪碎一地喧嚣。

月河缓缓，流过陈年旧事，
荡起飘摇的光晕。
那泛起的星星点点里，
藏着我的纯真，婆娑的泪花，
一把可以扬空的心旌。

水驾驭水，鱼在梦中游，
一条河，一个我爱过的女子，
掌持一枚落叶，
引我逆流而上，把繁花看尽，
只留一片倏然。

放不下的明月松间，
绕不过的潺潺清悠，
几块石头青苔依依，挂壁心室，
几阕蔓草摇曳无序，
芳华幽梦几许。

水声还是那么春色，清心诀，
我爱过的女子，还是那样光彩照人。

月光下的月河，
一想起她一直驻扎内心，
我就更加洁身自好，以不负朝朝暮暮。

## 月河泛舟

驾一叶扁舟，
月河就徐徐剪开了，
我不管扁舟会走多远，
就想同你轻轻摇桨，
共度一片时光。

水声总在问安，
荡起阵阵微醺的光亮，
这一刻，我什么都不要，
要就要小舟慢板，从悠悠驶进悠悠。

垂柳轻舒漫卷，
把千年的水色撩拨得分外迷离，
就像我读到的隽秀两岸，
妩媚深情，尽染碧霄。

看不厌的绿肥红瘦，
一个个决绝而过，又凌空扑面，
我不孤单瘦弱，
有你同行，怎么也是心有安处。

月河从来不曾老去，

就像我抓紧你的目光,
从来不曾滑落一丝。
一计计桨声,只负责伴随到底。

树木倒映丛生,赶走挂碍,
我们就要这份纯粹。
岁月欠我们一个悠闲,
就让一河的咿呀,来添油加醋,
给爱情润色补味。

# 月河之上,荡漾着柔软的老情歌(组诗)

周西西

## 那些花儿①

春风只是路过,就炸裂了那么多的花儿
白的白,黄的黄,红的红
有些像隔年未化的雪
有些像火苗,要把三月点燃,要在谁的胸口

烫出一个小小的洞?没有一朵花只开一半
没有人正好听到花儿的低语
所有的花:在月河街睁大了眼睛

枝丫太轻。花儿闻到自己颤抖的香味
颤抖,也不白白浪费
当露水加倍润湿它们的嘴唇和心窝,花儿
不能变成蝴蝶,但蝴蝶已经落入松开的拳头

没有一个春天只走到一半掉头返回
幻想一个骑白马的人,在踏月桥唱着老情歌
快要追上三月,快要爬上绿叶

注:①《那些花儿》,原唱朴树。

## 穿过你的黑发的我的手[②]

月光正好,河水正好
我收到虫鸣回信,如当年清脆悠长
闭上眼,也能踮脚在草尖舞蹈

那日剪掉的头发,如今已够绕掌三匝
揉,揉乱。以指为梳
穿过你的黑发,以及其中翻山越岭的霜白
一下,一下
点不清小别重遇的欢喜,每一根手指
都带着低压电流,掌中隐藏暗潮惊心

起风了,诸兴桥上的暮春起伏不平
万物消隐,而你眼神明亮
后来,露水淹没了你瞳仁里那几颗星星

令人晕眩的事情,莫过于月光皎洁
在水面上平铺直叙,而我们
同时闻到它的香气。那首多年前的老歌
最好听的一句
我唱给你听:"穿过你的黑发的我的手
至少我还拥有你化解冰雪的容颜"
仿佛在春风里飘浮
仿佛救赎

注:②《穿过你的黑发的我的手》,原唱张学友。

## 星语心愿[3]

我去看过春天的众多女儿。白的白
粉的粉，立在枝头，给月河街以明媚和明亮

其中一朵，她走下来
唇上沾着露水，藏身于夏天来临的路口

晚来有风，低眉顺眼，吹拂着她
也吹拂我；吹着月河上整夜不眠的星光

吹着吴侬软语的呢喃。内心的花朵含羞
欲放：这严重犯规的美，来自于白云

落下雨后的花瓣；她眼睑低垂，仿佛新生
无所求。最好的时光，我祝福她——

这个暗香盈动的女子，我愿她安静而吉祥
一生都要接受蝴蝶的赞美

注：[3]《星语心愿》，原唱张柏芝。

## 后　来[4]

一场雨光着脚，追上四月。在此之前
我曾许你春光十亩、暖风一吨
许三十年月河流水的口音不改

这样,每个日子都充满颜色和线条之美

我用桃花和露水喂养夜晚,用以沉沦
人世曾有些微无用的完美

当我走到黑暗深处,我是廊桥水面下
最惊慌的小鱼,唯恐被爱与罪万箭穿心

所谓后来,就是那一次未竟的重遇
为了堵住悲伤的缺口,我在梦里下一场大雪
替换四月漫长的去路

注:④《后来》,原唱刘若英。

## 逆流成河[5]

夜空从未真正贫穷,它积蓄的光
终会还给白天
此刻,河边玉兰不适合抒情
释放香气的过程,更像是语无伦次的口误

我不知月河深浅,也未知河边秋色荡漾
只见半个毛边月亮
顺从流水意志的模样,像被谁爱着,又像
虚度了时光汤汤

漫过我身体的,不是河水,是水的光
是一场逆来顺受的梦,是一大片长出皱纹的露珠

念及多年以前那次下落不明的相遇
一声被惊起的夜啼,带着湿漉漉的余音
飞向同心桥

注:⑤《逆流成河》,原唱金南玲。

# 在月河,想起旧事(外一首)

## 王爱民

被树木用旧了的叶子
一把锁芯,有十个夏天的蝉鸣

我和一杯隔夜的茶水
彼此暖热了手

把字写得像童年,改过几个错别字
清理出一条上河的路
下桥时,两朵花吻薄了嘴唇
像草丛里的蘑菇,交换心中的雨伞

水缓处有一潭水,名白龙潭
从"古""水"中捞出那个月亮
从那年返回天空的河流
把一封信读得空旷,泪水涟涟

那时的书信要走上好些天
那时还不兴写叙事诗
那时的诗里还没钟声,没有蛙鸣
没有悬崖

学绣塔下，希望一抹青草
再次从你的额头冒出

## 月河今晚有最大的月亮

### 一

月河今晚的月，适合明喻
是剥去外壳的果实
像一个圆满的大句号
被无数人看大，看亮

### 二

荷锄归来的肩膀开出桃花
叶子伸出院墙
一颗南瓜躲在怀里睡得像磨盘
那家乡的满月
斟满了自酿的美酒

### 三

今晚你离地球最近
今晚我离你最近
最近的距离有最多的爱
想象的爱最美，驱散云雾

## 四

月亮是我的,也必须是月河的
是你的,她就是我的一个妹妹
我喊她,就是喊你
喊疼你,就喊疼你的小名

江湖抛却,跟爱的人回家

## 五

那么多的灯光去看
那么多的眼睛去发现
美发现了美
一遍遍读湿了美后面的流水

## 六

我不去看天上的月亮
我把月河看月亮的窗户
趴在窗户看月亮的脸
看成了月亮

## 七

月光里,看月河边一株树
像看母亲,随月亮归

一会儿
月亮就是我挂在屋檐下的
一顶草帽

## 八

一个地方获得了月亮的命名
将获得甜蜜
他的幸福飞短流长

# 月河,一条从爱流向爱的河(组诗)

左 军

## 一

月老牵出的红丝线,不小心掉落凡间
褪净了颜色,成为每个人都能读懂的澄明和清澈

姻缘簿载着一船晚霞,被梦的纤纤素手
来回拨弄。散落的秘密,乱入粼粼的烟波中

星光脉脉,流露出盈盈的暗语
有情人踏着青石板上的月色,纷至沓来

爱不是一阵突临的微风
而是一条河的微波,轻轻荡漾,细水长流

## 二

美好的字词,像离散的星光找到了归宿
在爱的柔波中汇聚,让寒凉的夜从此璀璨夺目

你的爱,是水遇见水,水追逐水

水拥抱水，水亲吻水，水又回到水里

你用不朽的流逝，告诉我
爱，不用回头。只要，一直奔涌向前

## 三

面对表情丰富、形态生动的河水
一个人的面孔，显得如此贫乏刻板

爱要含蓄矜持，所以你弯弯绕绕，羞羞答答
将万千相思的浪花，缓缓运送至一个人的内心

爱是温柔体贴，因而你剔除掉坚硬的骨头
将自己淬炼成随物赋形的柔波，去滋润另一个人的孤独

聪慧的你，秉持着不屈服命运的天性
又柔顺而毫不违和地从这个世界穿行

爱已充满你的柔肠，一整条河里
全是白银般闪烁流泻的深情

可你从来不说，从来
不走漏半点风声

## 四

风吹草叶的声音，露珠滚落的声音，都是甜蜜的情话

连石头和尘埃都有了爱的倾诉，美的表达

爱从爱里来，经学绣塔，白龙潭
绕城下，一路拐弯至月河

水面下暗潮涌动
你表面是水，内心却盘踞着一座火山

爱的洪流在积蓄，爱的熔岩在寻觅出口
你别无选择。要么在低谷等待，要么在巅峰爆发

情到深处，不言而喻。整个江南小镇
到处弥散着恋爱的气息，幸福的味道

到处是烟雨楼台，到处都灯火通明
到处是爱的海阔天空

## 五

誓言太过苍白，无法承受沧桑的重量
蝴蝶稚嫩的翅膀，难以泅渡命运的海洋

水的裂缝由水来弥补
爱的伤痕只能拿爱来修复

一条河缮葺着自己的庙宇，敲打着自己的钟声
内心的莲瓣虔诚地咏颂着爱的清音

原谅结痂的疮疤，就是原谅了过往，宽恕了生活
一条河的慈悲，能够包容一切苦难和伤害

流水不腐，时光变得抽象
爱不是宏大的叙事。而是日日夜夜，而是每分每秒

平静时，细小的波纹具体可感
澎湃时，汹涌的浪潮具体可感

## 六

风牵着风，雨搂着雨，草扶着草
树挽着树。月光打开琴键，弹拨着清凉的夜色

河水轻轻唱和，歌声张开了翅膀
飞过廊桥，飞过人家，飞过朝朝暮暮寤寐思服的枝梢

乌篷船头，软语讲述着古老的传说
桨声灯影里，浪花舞动着天高云阔

万事万物，都像是单纯的恋人
在缱绻，在缠绵，在替每一个孤单的人相爱